엄마.

나야.

엄마.

나야.

단원고 아이들의 시선으로 쓰인 육성 생일시 모음

그리운 목소리로 아이들이 말하고,

미안한 마음으로 시인들이 받아 적다.

ㄴㄴ 〉〈 ㄷㄴ

intro

"생일 모임은 단순한 이벤트가 아니라 아이가 좋아했던 사람들이 아이를 마음에 새기고 부모님과 친구들, 주위 사람들을 위로하는 치유 프로그램의 하나입니다. 그중에서 '생일시'가 가장 핵심이고요. 시를 통한 예술 치유 작업을 오래해오고 있어서 그 효과를 너무도 잘 알고 있습니다.

아이의 시선으로 쓰는 '육성시'의 형식입니다. 아이들 부모님이 공통적으로 하는 얘기가 있습니다. "아이에게 잘 있다는 말 한마디만 들을 수 있으면 숨을 쉴 수 있을 것 같다"는 말입니다. 그래서 지인들 꿈에라도 자기 아이가 나왔다고 하면 어떤 방식으로든 그걸 확인하려고 합니다. 그래서 아이의 '생일시'에서 그 메시지가 어떤 방식으로든 부모에게 전달됐으면 하는 소망이 있습니다. 치유적 관점에서 볼 때 부모님을 비롯해 남아 있는 이들을 위로하는 동시에 통증이 아니라 그리움으로 기억하게 하는 가장 좋은 방법이 그런 메시지인 것 같아서요.

'생일시'는 당일에 먼저 화면을 통해서 눈으로 한 번 읽은 후 그 자리에 모인 사람들이 입을 모아 낭송하는 형식으로 헌정합니다. 참여 인원은 아이 친구를 중심으로 대략 40명 정도입니다. 당일 생일 모임에 참여한 아이들에게 선물할 선생님의 시집 한 권을 추천해주시면 좋겠습니다. '이웃'에서 준비해 아이들과 생일 모임 참석자들에게 선물하려고요. 그 시집으로 해서 시를 다시 보는 이들이 한 명이라도 생긴다면 그 또한 별이 된 아이가 준 선물이겠거니 생각하고 있습니다. 실제로 그런 사례도 있고요."

—세월호 참사 이후 안산 와동에 거주하며 치유공간 '이웃'의 이웃 치유자로 세월호 유가족을 비롯해 상처받은 많은 사람들과 매일을 함께하는 두 사람, 정신과의사 정혜신 선생님과 심리기획가 이명수 선생님이 시인들에게 보내는 '생일시' 청탁 메시지.

차례

곽
수
인

2학년 7반
4월 30일에 태어났다.

어느 봄날에

노란 종이배에 적어 보낸 수없이 많은 소망들이
별이 되어 빛나는 우주의 한끝에
그리움이 연둣빛 새순처럼 자라나는 곳
사시사철 분홍 꽃 피는 봄날의
우주 한끝에 저는 살고 있어요
함께 지내던 친구들과
이제는 아프지 않은 이모와
더없이 좋은 날들 보내고 있어요
재능이는 여전히 제가 입도
뼹긋하기 전에 웃음을 터뜨리고
재영이는 어려운 수학 문제를
척척 가르쳐주고
봉석이랑 세호도 함께하니
늘 즐거울 수밖에요

그래도 가끔씩 명치끝이 아려오는 건
정인이의 스무 살 생일에
엄마 아빠의 스무번째 결혼기념일에
사랑해요 고마워요
함께 말할 수 없기 때문이에요
그래서 저는 별빛을 사용하기로 했어요
별빛이 눈이 시리게 빛나면

제가 우리 가족에게 사랑해요
말 건네는 거예요
머리 위에 두 손을 얹어
하트 별빛도 만들어 보낼게요
전 키가 크고 팔이 길어
커다란 하트로 빛나겠지요

귀엽고 귀여워
놀려주고 싶던 내 동생 정인아
오빠가 보내준 조끼는 잘 챙겨놨겠지
단원고등학교에 입학했다며
내가 다니던 교정에서 친구들과 함께
공부하는 네 모습 상상만 해도 기분이 좋아
정인아 요즘도 울 오빠는 나쁜 남자
스타일이라고 얘기하고 다니니
오빠는 상남자 스타일인데
오빠는 여기서도 매일 우유 천 밀리리터를
원샷하고 아령을 하고 있어
어디에 있든 너를 지켜주고 싶거든
정인아 오빠가 떠올라 견딜 수 없을 땐
엄마 아빠랑 꼬옥 끌어안고
실컷 울어 대신 운 만큼 웃기다
그리고 이다음에 말이야 정인이 같은

말괄량이라도 한눈에 반한 남자 있으면
알콩달콩 연애도 하고 결혼도 해서
널 닮아 귀여운 아가들 데리고 바닷가에
놀려오렴 우리 곁에 멋진 삼촌이 있어
너희들을 지켜주고 있으니 아무 걱정 말고
모래성도 쌓고 파도랑 술래잡기도
하라고 얘기해주렴 그때쯤 되면
정인이도 바다의 여러 가지 빛깔을
받아들일 수 있겠지

엄마
정인이하고도 공유하기 싫었던
엄마는 언제나 나만의 엄마죠
전 지금 친구들이랑 잘 지내고 있어요
여기서도 제가 먼저 웃는 개그를 해요
엄마 반응은 언제나 썰렁했지만
아직도 제 개그에 까르르 넘어가는
친구들이 있어 전 외롭지 않아요
언젠가 엄마를 다시 만나게 되면
엄마도 넘어갈 만한 개그를
개발하려고 연습중이에요
엄마 다시 저랑 만날 땐
뿜을 준비 단단히 하고 오세요

그리고 엄마 말대로 전 웃을 때
권상우를 닮았대요 여기서 여자애들이
다 그러데요 그래도 전 일편단심
엄마뿐인 거 아시죠
엄마는 언제나 절 기다렸으니까
결혼하고 10년을 기다려 저를 만났고
게임만 하던 제 곁에서 책 읽으며
8개월 동안 말없이 기다려줬지요
엄마 같은 여친이 세상 어디 있겠어요
엄마는 제 인생 최고의 여자친구였어요
18년 사귀는 동안 엄마랑 저랑
많이 다투기도 하고 화해도 금방 했는데
제가 먼저 오게 돼서 사실
그게 젤 미안해요 그러니 여기서는
제가 엄마를 기다리고 있을게요
엄마의 영원한 남친 수인이가

아빠 우리 아빠
아빠 닮아서 저 은근 상남자인가봐요
고마운 게 너무 많은데 말하지 못했어요
오늘부터 아빠 아들 수인이는
고마워요 사랑해요
말하는 진짜 상남자가 되려고 해요

제가 기나긴 여행 마치고 집에 돌아왔을 때
아빠가 차에 태워 실컷 드라이브
시켜준 거 정말 고마웠어요
아빠 냄새와 제 냄새만 나는 공간에서
말없이 함께한 그 시간
얼마나 행복했는지 몰라요
가족끼리는 원래 서로 냄새 맡는 거잖아요
사랑하는 아빠랑 도보 여행 한 것도 참 좋았어요
아빠가 제 사진을 목에 걸고 걸어가니까
다시 어린 시절로 돌아가
목말을 타는 것 같았어요
아빠 어깨 위에서 바라본 근사한 풍경들과
저를 위해 함께 걸어주신 분들 잊지 않을게요
아빠 수인이가 못 견디게 보고픈 날엔
코를 킁킁거려보세요
제 발냄새가 날 거예요
제 땀냄새가 날 거예요
키 186센티미터 신발 310밀리미터의 듬직한 아들
수인이가 항상 곁에 있을 테니까요

아! 오늘이 제 열아홉번째 생일이네요
엄마 아빠 정인아
내 사랑하는 친구들아

다들 와줘서 고마워
케이크 위 열아홉 개의 촛불은
내 사랑하는 모든 이들과
함께 끄고 싶었거든
우리 이제 모두 함께 따스한
숨결 모아 열아홉 개의 촛불을 불어요
마음속 소망의 별빛이 더 환히 빛나도록
모두의 서러운 이마를 수인이가 쓰다듬어드릴게요
이루어지지 못한 소망을 끝까지 지켜봐드릴게요

사랑해요
눈이 내리면 박효신의 〈눈의 꽃〉을
흥얼거리며 하늘 위를 바라볼 나의 친구들
사랑해요
신록이 눈부신 4월의 마지막 날이 오면
언제나 나와 함께해줄 소중한 사람들
더 많이 울고 더 많이 웃으며
사랑해요 더 씩씩하게

이 막막한 슬픔의 바다를 건너
봄날뿐인 우주에서 우리
다시 만나 꼬옥 끌어안고
사랑해요 고마워요

반짝이는 별빛이 될 때까지
사랑해요

—그리운 목소리로 수인이가 말하고, 시인 성미정이 받아 적다.

구 태 민

2학년 6반
3월 28일에 태어났다..

하늘

엄마,
이곳에도
한국의 가을하늘 같은 하늘이 있어요

그러면 나는 이 하늘 아래에서
축구공을 멀리 차보기도 하고
야구공을 세게 던져보기도 하고
운동장에 그대로 누워 먼 구름을 바라보기도 하고
온몸으로 바람을 맞이하다
엄마와 아빠와 태윤이를 생각하기도 해요

엄마,
이곳의 하늘 아래에서는
수학을 공부할 필요가 없어서 좋아요
어려운 수학 공식과 복잡한 숫자가 아니라도
내가 태어났을 때의 몸무게와
엄마의 생일과 아빠의 생일 그리고 태윤이의 생일처럼
소중한 날들을 기억하고 계산할 수 있어요
그런데 혜란이의 생일은 자주 깜빡깜빡하는 것 같아
조금 미안한 마음이 들어요

엄마,
이곳의 하늘 아래에서는

구석진 곳에 몰래 숨어 담배를 피우지 않아도 되고
쓸데없는 일로 벌을 받지 않아도 되고
무엇보다 싸움을 할 만큼 화가 나거나
슬픔 같은 감정이 들지 않아 좋아요
다만 그리울 뿐이에요

늘 타던 자전거와
등에 딱 붙던 가방이 그립고
야식으로 먹던 치킨이 그립고
주말 저녁 팬에 담겨 있던 고기볶음이 그립고
엄마가 만들어주던 숙주나물이 그리워요
그렇지만 엄마가 몇 번 사왔던
디자인 이상한 옷들은 그립지 않아요
으ㅎㅎ

엄마,
내가 지금 가장 그리워하는 것은
바로 엄마와 아빠, 태윤이에요

그렇지만 나는
완전 상남자이니까
완전 인기남이니까
그리고 무엇보다 나는

엄마 아빠의 영원한 아들이니까
태윤이의 영원한 형이니까
괜찮아요

정말 괜찮아요
외로울 것도 슬플 것도 하나 없어요

그리고 엄마,
엄마가 만들어준 주민등록증은
아주 소중하게 잘 쓸게요
사실 민짜가 풀리는 날이 오면
친구들과 술을 마시러 갈 것이거든요
그다음 날에도 꿀물, 타주시는 것 잊으면 안 돼요

엄마,
이제 이곳에도
한국의 봄 같은 봄이 오고 있어요

봄이 오면
저는 친구들과 더 늦게까지 놀 수도 있고
오토바이를 타고 꿈결인 듯 셋은 봄길을 달릴 수도 있어요

그리고

사랑하는 엄마의 생일도 돌아와요

19년 전 오늘, 엄마가
나를 나에게 선물해주었으니까
나도 엄마에게 나를 선물로 드릴게요

엄마도 오늘 내 치즈케이크를 많이 먹어요
더없이 맑고 넓은 저 하늘은 덤으로 드릴게요

엄마
여름날 불어드는 소슬한 바람도
겨울, 집안의 따뜻한 온기도
영원히 함께할게요

사랑해요
사랑해요
사랑해요

몇 번이고 말하고 싶어요

—그리운 목소리로 태민이가 말하고, 시인 박준이 받아 적다.

권
지
혜

2학년 10반.
4월 2일에 태어났다.

따뜻해졌어 지혜

엄마 아빠 언니
그리고 친구들아
나야
지혜
권지혜

어떻게 인사를 할까
생각했어 솔직히 연습도 했어
크지도 작지도 않게
안녕? 연둣빛으로 말할까
이건 너무 적막해 안녕 말하면서 이렇게
손을 흔들까 올려보았어
오랜만인데 이건 이상하지?
그래서 나는 오늘 이렇게 나타나

엄마 아빠와 언니가 알고 있는 그 모습으로
친구들이 알고 있는 그 모습으로

나는 눈동자가 까만 아이
엄마는 나를 보고 있으면
내 눈 속으로 빨려들어가는 기분이라고 했는데
눈이 초롱초롱해서
폭 날아가면 어쩌나 그런 생각이 들기도 했다는데

지혜는 지혜 눈 속에 별을 담고 태어났다는 걸 이번에 알았어

인사하고 오지 못해 미안해
나 때문에 많이 울었지?
작별이라고 생각했으면 인사하고 왔을 텐데
작별이 아니어서 인사하고 오지 않았어

엄마 아빠 내 휴대폰 없어서 속상했지?
엄마 아빠
휴대폰은 내가 갖고 왔어
가방에 들어 있던 것들도 내가 갖고 왔어
보고 싶을 때 나도 꺼내볼 게 있어야 하잖아
교복은 두고 조끼만 입고 왔어
단원고등학교 2학년 10반 권지혜를 잊지 않으려고
나눠 갖고 있고 싶어서

다시 인사할게
사랑하는 엄마 아빠 언니 친구들
나는 프란체스카
낮은 곳을 위해 기도하는 별
그래서 언제까지나 사라지지 않는 별

함께 온 친구들은 알게 되었어요

우리는 눈동자에 별이 하나씩 더 많아서
빛이 되어주라고 조금 일찍 가족과 친구들 곁을 떠났다는 것을

처음에는 겁이 났지만
슬펐지만
친구들과 함께 팔짱을 끼면서
우리는 이해했어요

우리는 사라진 것이 아니에요
우리는 곁에 있어요
우리의 얼굴 사진을 쓰다듬으며 우는 엄마의 눈물 속에
우리 아이를 위해서라도 기운을 내야겠어 아빠의 다짐 속에
보고 싶다고!
놀이터에서 혼자 하늘에 대고 외치는 언니와 오빠
동생들의 그리움 속에
우리 얘기를 적는 친구들의 일기장 속에
있어요
우리는 별이어서 곁에서 따끔거리고 반짝이고 빛을 내요

우리 생각이 났을 때
마음이 따끔거리고 쓰라리면
잠 못 드는 밤에 울다
그래 별이 된 우리 애들을 위해서라도 힘을 내야지

마음이 들면
나와 친구들이 세상에 보내는 인사라고 알아차려주세요
손을 올려 한 번씩 우리의 머리를 천천히 쓰다듬어주세요

엄마
엄마의 자랑스러운 딸 지혜 잘 있어
성당 피아노 반주자 1학년 2학기 때는 전교 10등 안에 든
춤도 잘 추고 노래도 잘하는
알뜰살뜰한 엄마의 사랑스러운 딸 지혜 잘 있어
엄마 속 썩인 적 없는 엄마 강아지 지혜 잘 있어
팔짱 끼고 쇼핑 가고 눈 맞추고 엄마랑 수다 떠는 지혜 없어서
너무 허전하지?
지혜도 엄마 보고 싶어
엄마 내가 언니랑 둘이 소곤소곤해서 섭섭했지?
자매끼리 소곤소곤 잘 되는 거
엄마가 우애 좋게 키워서 그런 거지 뭐
엄마 나 이쁜 구두 못 사준 거 마음 아파하는 거 다 알아
그렇지만 지혜는 언니 운동화 신으면서 기분 좋았어
언니 길도 가보는 것 같았거든
그래도 마음에 걸리면 엄마가 이쁜 구두 하나 사주면 되잖아
지금 말고 지혜가 시집가면 이쁘겠다 그런 나이에
엄마
지혜 소원 있어

엄마 아빠 팔짱 끼고 다니라 하면
부끄러움 많은 우리 엄마 아빠 놀라실 테니
일주일에 한 번은 꼭 손잡고 30분 산책하기
용기가 안 나면 날 깜깜해지면 그렇게 하기
지혜 위해 그렇게 해주기
엄마 우리 엄마
이제 와동성당에도 다시 나가면 좋겠어
성당 가면 지혜가 떠올라 많이 힘들 거 알아
그래도 우리가 함께 보냈던 성당에서 엄마가 다시
나를 위해 기도해주면 기쁠 거야
엄마 지혜는
엄마가 내 엄마여서 너무 좋았어 앞으로도 그럴 거야
이 말을 꼭 하고 싶었어

아빠
아빠가 술 많이 드셔서 지혜 속상했어
당장 아빠에게 나타나 아빠! 하고 싶었지만
좀더 빛나는 시간을 만드는 소임을 맡은 지혜는 바빠서
바로 나타날 수도 없고
마음속으로 곰곰 삭히는 아빠 속상하신 거 지혜가 잘 알지
근데 아빠 아빠 우리집 가장이잖아
아빠가 딱 힘주고 있어야 해
아빠 지혜 아빠잖아

아빠
아빠가 밤에 사갖고 온 맛있는 것들
지혜가 이 닦았다며 안 먹어 서운했지?
나름 정한 규칙이 있어서 그렇게 했지만
마음으로는 그거 다 먹었어 아빠가 우릴 사랑하시는구나
그날 밤은 더 포근한 잠에 들었어
멋진 목소리를 가진 아빠 이건 지혜의 명령!
집에서 나갈 때 엄마 있으면 한 번씩 꼭 안아주고 나가기
아무 말 말고 한 번씩 안아주고 나가기
우리 아빠 내가 매일 하라고 하면 얼굴 홍당무 될 거니까
지혜가 오늘은 인심 쓴다
주 5일만 지키는 걸로
내년 생일에 체크할 거야 아빠
아빠
지혜는 아빠 사랑해

다혜 언니
언니
지금 언니 목 끌어안았다 내가
언니 언니 마음에 슬픔이 가득하지?
언니랑 내가 소곤대던 방에 들어오는 것도 힘들지?
어디다 말도 못하고 혼자 끙끙대는 거 아냐?
나의 소곤소곤 언니

언니는 음악하는 사람이잖아
꿈을 키워가고 있잖아
언니가 만드는 노래에 담아줘 지혜의 꿈도
그러려면 언니야 참지 말고 많이 울어도 돼
오늘은 내가 언니 같다
언니 난 언니 꿈은 걱정 안 해 응원만 해
언니의 열정을 아니까
내가 언니에게 바라는 것은

언니가 엄마 아빠에게
지혜도 되어드리라는 것
엄마 팔짱도 껴드리고 아빠 생일 파티도 해드리고
나 언니에게는 미션 안 준다
왜냐면 나의 유일한 언니는 다 할 거니까
지혜가 말 안 한 부분까지도 이미 다 아니까
우리는 자매잖아
언니의 동생이어서 든든했어
언니야 언니가 만드는 음악 속에 담길게

친구들아 나 권지혜 깝쟤
내 이마 넓다고 고속도로라고 부른 남자애들
오늘은 내 생일이니까 봐준다
너희들과 친구여서 나 행복했다

우리들의 교실과 운동장
이어폰 끼고 노래 듣던 나
너희들 내 몫까지 공부 열심히 해야 해
나 때문에 슬퍼서 힘 빠진 너희들보다
나 때문에라도 힘내서 공부하는 친구들이 나는 훨씬 기뻐
얘들아 한 가지 부탁
가끔 우리집에 가서 너희들이 좋아하던 김치부침개
우리 엄마한테 해달라고 해서
맛있게 먹어줘
내가 얼마나 멋졌는지
우리 식구들이 모르는 이야기들도 들려줘
그렇다고 바로 그러지는 말고
천천히 천천히
스무 살에도 서른 살에도 가서 들려줘
너희들이 어른이 되어가는 속도로
나도 함께 나이를 먹을 테니까
나의 친구들아 꿈!
꿈이 있는 사람은 반짝이잖아
너희가 반짝거리지 않으면 나랑도 못 만나
나는 반짝거리는 것이 있어야 서로 알아보는 별이잖아

엄마 아빠 언니
친구들아

생일상 고마워
내가 좋아하는 것들은 다 차려놓았네
맛있게 먹고 즐겁게 보았어 지혜도 울고 웃고 했네
한자리에서 얼굴 실컷 봐서 너무 좋았어
내년에도 만나

그리고 친구 엄마 아빠들 여기
이웃에 자주 오세요
여기가 별이 된 우리들의 아지트예요
여기에 와서 엄마들 아빠들 친구들 얘기 나누면
우리에게 더 잘 들려요
우리도 여기가 좋아요
여기 오면 우리가 더 이쁘게 귀하게 반짝여요
가족과 친구들과
우리는 이제
예전과는 조금 다른 방식으로
나란히 나란히 앉아 있는 거예요

아 생일이어서 인사말이 참 길었다
그러나 다들 이해하지?
지혜의 종알종알은 모두 아는 바니까

여기서 새로 생긴 별명은 피아노 지혜 은총 지혜

잘 지내 엄마
왼쪽 볼에 쪽
아빠 오른쪽 볼에 쪽
언니는 다시 한번 목을 끌어안고
친구들 자 차례로 하이파이브

내년 4월 2일에 다시 올게
내년에는 더 밝은 얘기들을 준비할게

사랑해
온 마음으로

사랑해
언제까지나 사라지지 않을게

마음에 계속 함께 있을게

따뜻해졌어 지혜별
고마워
사랑해

─그리운 목소리로 지혜가 말하고, 시인 이원이 받아 적다.

길채원

2학년 2반
3월 21일에 태어났다.

슬픔도 눈물도 다 녹아서 가장 아름다운 영혼으로

사랑은 손끝에서 시작되는 것이지만
마음 깊은 곳에서 완성되는 거래.
엄마, 손끝으로 나를 만지고
가늠할 수 없이 깊은 사랑으로
내 마음을 더 깊고 따뜻하게 만져준 우리 엄마.
오늘은 좀 특별한 생일이 되었네.
보고 싶으면 마음을 만지는 그런 생일이 되었네.
마음은 어디에나 있는 것이어서
늘 곁에서 서로를 만질 수 있는 아주 특별한 생일.

엄마 알지?
내가 원래 빛이잖아.
별빛이 엄마의 꿈속으로 쏟아질 때
내가 태어났잖아.
나 그래서 좀 예쁜가?
빛은 보이는 것보다 훨씬 더 환하게 구석구석을 만질 수 있고
그렇게 모두의 마음까지 들어가는 힘이 있잖아.
나 그래서 좀 아름다운가?
에스텔이라는 가톨릭 본명도 나에게 딱 어울리잖아.
엄마 덕분에 나는 이름도 두 개.
어둠 속에서 모두를 아름다움으로 이끄는 것.
빛으로 모든 것을 채운 게 별, 이니까
내가 여기서도 제일 빛나잖아.

나는 여기에서 스타잖아. 빛나는 연예인이잖아.

어릴 때 배우다 만 무용이 도움이 많이 되었어.
그때 익혀둔 리듬 속에 가볍고 행복한 몸을 맡기니
투명한 공기와 바람, 구름조차 나의 리듬에 따라 흘러가지.
따뜻한 이곳의 온도와 말랑말랑한 새들,
완벽한 색색의 꽃들까지
나는 이들 사이에서도 빛나.
엄마,
우영이도 내가 스타라고 인정했어.
예전보다 훨씬 더 멋지대. 훨씬 더 예쁘대.
아이돌 그룹과는 전혀 다른, 유일한 솔로.
유일하고 가장 빛나는 싱어송라이터.
〈언더 더 시〉〈렛 잇 고〉 이런 노래는 이제 누구보다 잘 불러.
고음도 쫙쫙 올라간다니까!
요즘은 진실한 사람들이 승리하는 드라마 연기를 준비중이야.
사실 이곳은 진실한 사람들만 있어.
그러니 연기 연습은 어렵지 않아.
있는 그대로, 자연스럽기만 하면 돼.
이곳은 진실이 연기가 되고, 연기가 진실인, 투명한 곳이니까.
인어공주가 거품으로 사라지지 않고
잘생긴 왕자를 만나 해피엔딩이 되는 곳이야.
지느러미가 사랑받는 곳이야.

그러니 괜찮아.
그래서 괜찮아.

엄마
요한(사도 요한)에게 내 방 서랍 같은 거 다 봐도 된다고 해.
원래는 안 되는데, 누나가 큰맘 먹고 용서해준다고.
내 방에서 나를 그리워하는 것 다 알고 있다고.
마음속으로 울고 있으면 옆에서 같이 울고 있다고.
네가 울음을 멈추면 누나도 멈춘다고.
그러니 너무 울지 마.
너무 울면 누나도 계속 울어야 한다고.
누나 방에서 천천히 침묵만 끌어안고 있어도 좋다고.
그러면 우리가 조용함 속에서 만날 수 있다고.
그래도 물건은 다 제자리에 돌려놔야 해.
누나가 다 아끼는 것들이니까.
중2병 너무 티내지 말고, 엄마 아빠 힘들게 하지 말라고.
누나가 옆에서 보고 있다고.
엄마,
요한에게 전해줘. 그 녀석은 씩씩하니까
엄마의 그리움도 나눠 가질 수 있는 녀석이니까.

엄마,
아빠의 손을 잡고 안아주고 뽀뽀도 해줘.

아빠는 채원이가 없어서 너무 심심할지도 몰라.
옆에서 재잘재잘 캠핑할 때는 으쌰으쌰
항상 친구처럼 서로를 의지했는데
딸바보 우리 아빠가 얼마나 심심할까.
마지막에 예쁜 옷을 입혀주면서, 얼마나 마음 아팠을까.
내가 예쁜 옷 좋아하는 것을 잘 아는 우리 엄마 아빠
나는 더 예쁘게 아빠 옆에 있을 수 있으니
그래서 괜찮아.
아빠의 호흡, 걸음, 간혹 터지는 헛기침, 붉게 물든 눈시울
이 모든 것들 내가 어루만지고 있으니
어른이라고 꾹 참지 말고 내게 털어놔.
채원이가 옆에서 재잘재잘 으쌰으쌰 함께해줄게.
슬픔은 발설해야만 거대한 물결이 된다고.
그 물결이 모두에게 닿아서 더 힘센 슬픔이 된다고.
그렇게 힘이 세지면
엄마,
아빠에게 말해줘.
엄마도 더 씩씩해져서 아빠 옆에 오랫동안 있을 거라고.
가장 큰 슬픔은 서로 깊게 나누는 건가봐.

엄마,
너무 많은 부탁들이 엄마에게 가서 미안.
나는 엄마 딸이니까

엄마는 나의 엄마니까
내 마음 가장 잘 알지.
5층까지 올라가면서 내가 느꼈을 공포감, 고통,
이런 거 생각하지 마.
그 순간 외로움도 잠깐,
친구들이 같이 있었고,
그때 우리는 서로에게 진심으로 의지했고,
그래서 많이 무섭지 않았어.
엄마도 알겠지만 나 혼자 자는 거 무서워하는데……
친구들이 함께 있었으니
그래서 괜찮아.
나를 생각하는 엄마의 마음은
내 마음으로 더 깊게 만질 수 있는 거니까 괜찮아.
생일이라서 더 괜찮아.
태어나면서 사라져가는 것이 우리의 시간이니까,
그렇게 새로운 시간을 만나게 되는 것이니까 괜찮아.

내가 잠시 다른 곳에 와 있다고 해서
우리의 깊은 사랑이 끝나지는 않는다는 것을
나의 엄마가 보여줬으면 해.
엄마가 아픔을 이겨내고 건강하게 버텨줘서
이 특별한 생일을
아빠와 동생과 친구들과 함께 기억해줬음 좋겠어.

보고 싶을 때 모두 모여서 마음을 만지면
새로운 사랑이 시작된다는 것을.
슬픔도 눈물도 다 녹아서 가장 아름다운 영혼으로
내가 곁에 있을 거라는 것을.
알지, 엄마.
엄마가 지금보다 더 더 더 건강해져야 한다는 것.
더 더 더 씩씩해져야 한다는 것.

엄마, 안녕?
나는 엄마의 마음에 들어와 있어.
여기, 너무 따뜻해.
엄마의 마음.

나의 가장 특별한 생일 선물,
엄마의 마음 안쪽.
아빠의 마음 안쪽.
요한의 마음 안쪽.
그리고 내 친구들 마음 안쪽.
모두
너무 사랑해.

—그리운 목소리로 채원이가 말하고, 시인 이영주가 받아 적다.

김건우

2학년 4반
2월 22일에 태어났다.

사랑한다 온 마음 다해 사랑해

엄마, 저 집에 가고 있어요
오늘이 제 생일날인데 집에 가야 하잖아요
밤 10시가 넘으면 저는 우리 동네에 도착해서도
편의점 앞에서, 놀이터 앞에서
엄마에게 실시간으로 전화했지요
엄마, 어디야
엄마 나 가고 있어, 지금 편의점 앞이야
엄마, 나 이제 놀이터 앞이야

엄마, 전 집에 가고 있어요 걱정 마세요
전 지금도 집이 좋아요
현관문을 떠디딕 열면서도 엄마에게
집에 가고 있다고 전화하는 게 좋았어요

제가 바다에서 나올 때 엄마는 꿈을 꾸셨다지요
제가 목욕을 다 하고 새 교복을 입었는데
양말을 신지 않은 꿈을요
엄마는 병원에서 링거를 맞으면서 꿈속에서
아빠에게 덥다며 양말을 벗겨달라고 하셨다지요
엄마와 저랑은 뭔가 예감도 통하고 정서도 통해요
엄마는 꿈을 깨고 바다에서 나온 저를 확인하러 가실 때
저처럼 목욕을 하고 밖에 나오려니까 꿈대로 양말이 없어서
못 신으셨다고 하셨잖아요

제가 엄마 꿈속에서 이렇게 농담을 했잖아요
"아, 엄마도 양말 안 신었네, 우리 쌤쌤이네"

엄마, 저는 지금 제가 집으로 가던 길을 엄마가 되짚으며
한 발 한 발 세상 밖으로 걷는 모습을 하늘에서 봐요
제가 신던 신발을 신고
제가 걷던 길바닥에 제 이름을 새기며
세상을 걷는 엄마 모습을요
제가 하늘에서 보면 다른 사람들은 못 보지만
제가 걷던 길의 제 발자국이 다 보여요
그런 제 발자국에 도장을 찍으며
한 발 한 발 제가 걷던 세상의 모든 길을 걸어다니는
엄마의 모습이 아름답고 고마워요

아빠, 퇴근하면 지금도 제 사진 앞에 술상을 놓고
사진 속의 저와 대화를 나누며 술을 드시는 거 알아요
닭날개 하나 맥주 한잔 제 사진 앞에 꼭 놓아두는 거 알아요
며칠 전에도 제가 생각나서 같이 마신다며
상을 사진 앞에 들고 가더니 우시던 거 알아요
아빠 그런데 오늘은 울지 마세요
오늘은 제 생일날이잖아요
아빠 작년 추석부터 고등학생이면 이제 술을 배울 나이라며
제게 술을 가르쳐주셨잖아요

명절, 휴가, 생일 때는 아빠랑 같이
술 한잔씩 해도 된다고 하셨잖아요
아빠가 그때 저를 어른 대접하고 인정해주셔서
저는 너무 행복하고 그런 우리집이 너무 좋았어요

아빠, 저는 오늘 제 생일상 앞에 앉아서
아빠랑 같이 술 한잔 마시러 왔어요
아빠, 앞으론 저랑 이렇게 생일날에만
가족들과 제 생일상 앞에 둘러앉아 함께 술을 마셔요
이젠 우시지 마시고
입에 묻은 맥주 거품이 우리집 방안에 방울방울 날리도록
울음방울이 아니라 웃음방울로 행복방울로
공중에서 터지도록 마셔보아요
이렇게 이렇게 생일날에만 말예요

보고 싶은 송이 누나,
엄마에게 하던 누나 말이 지금도 떠올라요
저를 다른 여자한테 못 줄 것 같다는 말,
근데 저는 누나의 그 말이 어떤 건지 알아요
누난 제가 꾸릴 미래의 가족이
지금처럼 행복하길 바란 거예요
누난 사춘기를 심하게 앓아서
엄마가 걱정하느라 공황장애가 왔잖아요

그래서 전 엄마가 제가 늦게 돌아올 때 걱정하실까봐
집에 가는 길에도 엄마에게 꼬박꼬박 전화를 했지요
지금도 엄마는 휴대폰 속에서 제가 부르는
"엄마" 소리를 무한 반복해서 듣는다잖아요
그런데 송이 누나, 누나에게도 엄마라고 부르는
조카 라익이가 태어났잖아요
제가 중학교 1학년 때 태어난 라익이가 너무 예뻐서
저는 집에만 오면 엄마 휴대폰을 뒤져서
라익이 사진을 보는 걸 좋아했어요
라익이를 안아주고 신발을 벗겨주고 놀아주면
저는 조카바보 외삼촌이 된 거예요
누나, 저도 빨리 장가가서
라익이처럼 예쁜 아이의 아빠가 되고 싶었어요

엄마, 아빠, 누나, 저는 지금 하늘나라에서
집으로 가고 있어요
가족들에게 생일상을 받으러 집에 가고 있어요
그렇지만 전 생일상을 그냥 받지만은 않을 거예요
제가 요리사가 되어 가족들에게 미역국도 해주고
죽도 해주고 케이크도 직접 만들어줄 거예요
제가 세상에 있지 않다고 해서
지금 하늘나라에 있다고 해서 제 꿈을 버리는 건 아니에요
제 꿈은 우리 엄마 아빠처럼

언제나 좋은 아빠, 좋은 엄마가 되는 거였잖아요

그래서 엄마, 아빠, 누나,
전 하늘나라에서 키가 크고 있어요
벌써 1센티미터 2센티미터, 말하는 동안에도 자라고 있어요
집에 있을 땐 161센티미터였지만
전 이렇게 하늘나라에서 나이를 먹어가며
180센티미터까지 자랄 거예요
엄마, 아빠, 누나,
우리 라익이가 중학교 1학년이 되면
전 이미 장가를 가서 큰 키로 우람한 팔뚝에 제 아이를 안고
라익이에게 보여줄 거예요

비록 라익이의 꿈속이라도
누나의 꿈속이라도
제 사진 앞에서 술을 드시다 깜빡 조는 아빠의 꿈속이라도

그리고 엄마, 엄마 손에 꼭 깍지를 껴드릴게요
엄마 손을 잡고 엄마를 만지며 자랑스러운 아빠가 된
저를 보라고 크게 웃을 거예요
엄마, 무슨 말만 해도 웃고 너무 잘 웃어서,
전 별명이 헤보였는데
이제 하늘나라에서도 잘 웃고 친구들과 잘 어울리고 있어요

엄마, 아빠, 누나,
하늘에 새로 생겨난 이 은박지보다 더 딴딴하고 빛나는
견우별을 바라보세요

그리고 엄마, 이제 우울할 때마다 하늘을 봐주세요
제가 걷던 길을 제 신발을 신고 걷던 것처럼
이제 눈짓으로
서로의 손에 깍지를 끼고
서로를 바라보던 그 눈짓으로
저를 바라봐주세요
생일날을 맞아 하늘에서 더 빛나는 이 별을
이 사랑을
1초도 망설임 없이 알아볼 수 있게
친구들과 함께
오늘 더 크고 빛나게 반짝일 테니

웃으세요, 엄마
언제나 저에게 이렇게 말씀해주셨듯이
아빠, 누나, 라익이, 그리고 저를 사랑해주던 사람들과 함께
오늘은 이렇게 이렇게 맘껏 크게

사랑한다
온 마음 다해

사랑해

―그리운 목소리로 건우가 말하고, 시인 박형준이 받아 적다.

김 동 영

2학년 6반
2월 27일에 태어났다.

오늘은 오늘만 우세요!

엄마, 나예요, 팔랑귀 동영이에요
누구 말이든 잘도 듣던 귀 얇은 동영이
초절정 궁정 마인드에 글 잘 쓰고 공부 잘하던
곤충과 벌레와 강아지 '별'이를 유난히 좋아했던 동영이
겨울 끝자락에서 조금 작게 태어나 조금 작게 자라
호리호리했던, 엄마 아빠의 의젓한 아들
그러나 지금은 엄마 아빠의 파헤쳐진 가슴에 맺힌
마르지 않는 물집이 된 동영이에요

오늘은 내 열일곱번째 생일
하늘나라에서 맞이하는 첫번째 생일이에요
태민이, 순범이, 동협이, 민규, 승태, 승혁이, 승환이, 새도,
재능이, 우진이, 호성이, 견계, 다운이, 세현이, 영만이, 장환이,
현탁이, 원석이, 덕하, 종영이, 민우
우리 2학년 6반 친구들과 함께 왔어요
내가 제일 좋아하는 치킨을 먹고
엄마가 해주시던 돈가스와 라면 김밥을 먹고
불금에는 '엑소'와 '에이핑크'의 신곡들을 부를 거예요

지난해 흘렸던 그 많은 눈물들은 다 어디로 갔을까요?
오는 봄의 노래는 어디쯤에서 시작되나요?

엄마, 엄마, 부르기만 해도 가슴 먹먹한 엄마

난 엄마랑 수다를 떠는 게 제일 즐거웠어요
아빠와 채영이가 질투해 눈치가 보이기도 했지만
엄마가 안아주고 뽀뽀해주는 게 제일 행복했어요
난 엄마의 껌딱지였잖아요 한 번도 떨어져본 적 없었던
엄마가 품어주셔서 제가 있었던 거예요
그러니 내게 미안하다고 말하지 마세요
엄마 스스로 죄인이라고도 말하지 마세요

아빠, 무뚝뚝해 보이지만 한없이 다정했던 아빠
아빠가 즐겨 부르시던 트로트 뽕짝이 그립고
모래주머니 들고 달리시던 아빠 모습이 그리워요
새로 시작한 직장 일은 힘들지 않으세요?
아빠가 지켜주셔서 세상 많은 것들을 경험할 수 있었어요
그러니 건강도 안 좋으신데 슬픈 술은 마시지 마세요
조만간 아빠 꿈에도 찾아가 늦은 세배도 드릴게요

더더더 예쁜 여고생이 된 내 동생 채영이
네 중학교 졸업식에 참석하지 못해 미안해
때론 친구 같고 때론 야무진 누나 같던
가끔 다투긴 했지만 그만하면 우린 참 잘 통하는 남매였지?
우리 뒤에는 엄마가 우리 앞에는 아빠가
내 곁에는 늘 네가 있었지 우린 그렇게
모락모락 피어오르던 식탁의 네 다리처럼

든든하고 튼튼했었지

지난해 긴 기다림은 다 어디로 갔나요?
오는 봄의 숨통은 어디서부터 트일까요?

내가 삼켰던 두려움이 바다의 포말이 되었어요
내 친구들이 흘렸던 눈물이 한 잎 한 잎 낙엽이 되었어요
하고 싶었던 모든 말들이 송이송이 눈발이 되었어요
우리 모두가 이루고 싶었던 꿈들이 봄별이 되었어요
이 모든 것들의 빛깔과 이름을 잊지 말아주세요

밤하늘에 별들이 반짝이고 있다면
그건 여기 하늘나라에서 누군가가 그리운 마음으로
세상을 향해 손짓하고 있다는 것, 나처럼요
그러니 귀기울여주세요
가만히 가만히 닻처럼 잠긴 4월의 산사꽃 비명을!
이제라도 환하게 밝혀주세요
기다리며 기다리며 벼렸던 4월의 새파란 별빛을!

지난해 흘렸던 눈물은 여전하네요
오는 봄의 별과 빛을 가리지 않게 해주세요

여긴 꿈의 나라, 우리는 세상의 꿈을 여행중이에요

우리는 세상 사람들이 꾸는 꿈대로 여행을 해요
엄마가 울 때 우리 여행은 슬픔으로 출렁거려요
아빠가 분노할 때 우리 여행은 숨이 가빠져요
엄마 아빠가 잠 못 들고 나를 부를 때
우리는 엄마 아빠를 부르며 한밤을 떠돌곤 해요
그러니 조각난 엄마 아빠의 하루하루를 부둥켜안아주세요
우리가 여행해야 할 마땅한 꿈을 위해서
기억의 하늘을 열어주세요 기록의 땅을 일궈주세요
나와 내 친구들이 별이 되고 꽃이 될 수 있도록

봄이 오면 겨울 가지에 새눈들이 돋아날 거예요
그때 내 눈을 들여다보듯 모든 새눈들을 봐주세요
내 생일에 엄마 아빠에게 드리는 선물이
마지막 눈물이 되도록 해주세요
그러니 오늘은 오늘만 우세요
봄이 오고 있어요 봄에는 부디 따뜻한 꿈을 꿔주세요
봄 별 볕 꽃 뽀송뽀송한 우리들 여행을 위해서

—그리운 목소리로 동영이가 말하고, 시인 정끝별이 받아 적다.

김
수
정

2학년 2반
7월 4일에 태어났다.

내가 다 지켜보고 있어

우리 엄마 우리 아빠
내가 여기 와서 누굴 만났는지 알아?
할머니!
효정 언니랑 나랑 유정이를 엄청 예뻐해주셨던 친할머니.
오자마자 할머니 무릎에 앉아서
한참 자고 놀고 이야기도 많이 했어.
그래서 기분이 좋아졌어.
할머니가 미역국도 끓여줬거든. 내가 미역국 좋아하잖아.
내가 하얀색도 좋아하는 거 알지?
여기에선 구름을 밟고 놀아. 나, 완전 요정된 것 같다니까.
좋아, 좋은 게 정말정말 많아.

여기 와서도 내 인기는 여전해.
남자애들이 얼마나 따라다니는지, 지루할 새가 없어.
피곤하지만 어쩌겠어. 이게 예쁜 여자의 숙명인가봐.
엄마는 나 인기 많은 거 알았나?
아빠! 효정 언니랑 나랑 유정이는 예뻐서
남자 때문에 고민할 필요 없다고 했잖아.
아빠 말이 맞더라고. 아, 피곤해, 남자들.

엄마
캐리어는 내가 잘 가져왔어.
캐리어 안에 있던 헌혈증도 내가 챙겼어.

우리 식구 아프면 내가 여기에서 보내줄게.

엄마 초지시장에 장 설 때 내가 짐은 못 들어주지만

다 지켜보고 있어.

엄마가 혼잣말하는 것도 다 듣고,

엄마가 무슨 생각하는지도 다 알아.

수정이는 엄마의 요정이니까.

그러니까 엄마는 혼자 있는 게 아니지. 내가 늘 같이 있는 거야.

명심해, 내가 다 지켜보고 있다!

그래도 엄마, 늦게 퇴근할 때는

가로등이 어두운 큰길로는 가지 말고

사람들이 많이 다니는 샛길로 다녀야 하는 거 알지?

잘 지키나, 안 지키나

내가 옆에서 다 보는 거 잊지 말고.

그런데 엄마, 나 요즘 살쪘어.

뜨거운 밥에 참기름이랑 고추장 넣고 비벼 먹는 거

내가 좋아하잖아.

너무 많이 먹었나봐. 이제 정말 돼지가 된 것 같아.

그러니까 엄마, 나 수학여행 가는 날

밥 못 차려준 거 생각하면서 가슴 아파하지 마.

나 잘 먹고 화장실도 잘 가.

엄마, 엄마, 내가 책상에 두고 온 만 원 찾았지?

내가 그 만 원에 행운을 불어넣었어.

엄마가 찾았으니까 우리집은 이제 모든 일이 잘 풀릴 거야.
엄마 나 믿지? 정말 믿어야 돼. 믿어야 이루어진다니까.

아빠 우리 아빠 내 친구 같은 아빠
아빠가 해주던 김치부침개가 생각나.
나 없다고 안 만들어주면 안 돼요.
난 앞으로도 그거 계속 먹을 거야. 그러니까 또 해줘요.
엄마랑 효정 언니랑 유정이가 먹으면 내가 먹는 거랑 똑같아.
난 요리하는 아빠가 좋아. 내 친구들 아빠들 잘 안 해준대.
우리 아빠뿐이야. 요리하는 로맨틱 가이, 우리 아빠.
아, 생각만 해도 침이 고이네.
아빠, 나 여기서 기타도 쳐요. 내가 절대 음감인가봐.
치면 다 노래가 되네.
아빠가 십자수로 내 얼굴 만든 거 보니까,
내가 아빠한테 예술가의 재능을 물려받은 거 같아.
근데 아빠, 십자수로 그린 내 얼굴이
진짜 내 얼굴보다 예쁘더라고. 아, 민망해.
하지만 뭐 실물도 엄청 예쁘긴 하니까.
그런데 아빠, 십자수는 이제 그만.
위대한 예술 작품은 하나면 되는 거야,
많으면 가치가 떨어진다고.
아빠, 힘든 일 생길 때마다 하늘 보면서 귀기울여봐.

아빠 딸 수정이가 기타 연주를 들려줄 테니까.
아빠
하하하. 나 오늘 왜 이렇게 말이 많지? 나 말 더 많이 해도 돼?
생일이니까.
아빠의 가운뎃손가락 수정이 엄청 잘 있으니까 아무 걱정 마.
그리고 아빠, 이건 우리끼리 얘긴데
그때 꾼 태몽 뒷이야기가 있어.
뭔지 알아? 아빠 가운뎃손가락을 물고 간 그 곰이
결국 아빠의 보디가드가 된대.
걔가 나야.
우리 아빠, 내가 여기서 다 바라보면서 아빠를 지키고 있어.
보디가드는 옆에서 지켜주는 사람이잖아.
아빠 바로 옆에 수정이가 있어.
잊지 마. 정말 잊으면 안 돼.
잊지 않아야 내가 계속 있는 거니까.

효정 언니
지금 화랑유원지에 가면
돗자리 깔고 누워 있는 사람들 진짜 많다.
언니랑 유정이랑 엄마랑 아빠도 거기에서 놀면 좋겠어.
어릴 땐 코스모스 밭에서 사진도 많이 찍었잖아.
그때처럼 산책 나와서 놀고 있으면
나도 여기에서 언니랑 유정이랑

엄마랑 아빠랑 볼 수 있으니까
좋을 것 같아. 언니, 슬퍼하지 마.
거기에 가면 우리 가족이 다 같이 있는 거야.
하늘을 봐봐, 내가 보일 거야.
마음이 착해야 보여. 우리 가족은 다 착하니까 보일 거야.
보인다, 보인다.

언니, 나는 늘 언니한테 고마워.
어릴 때부터 언니가 나랑 유정이 돌봐줬잖아.
언니, 기억나?
사탕 하나 때문에 우리 둘이 머리채 잡고 싸운 거.
하하하. 우리 왜 그랬니? 언니 줄걸.
언니, 우리 효정 언니,
앞으로 사탕 먹을 때마다 내 생각해야 돼.
그러면 나도 같이 먹는 기분이 들 것 같아.
우리 식구는 날씬해서 사탕 많이 먹어도 돼.
히힛 언니랑 또 거실에서 수다 떨면서 자고 싶다.
언니, 나랑 유정이 때문에 많이 힘들었지.
그래서 내가 엄마 아빠한테 특별 부탁을 할 거니까,
조금만 기다려. 언니를 위한 내 선물!

유정아 우리 예쁜 유정아
언니가 멀리 간 게 아니야. 유정이 옆에 있어.

자, 오늘 언니가 너를 위해 특별 레시피를 알려줄게.

일명 '수정 언니표 라면 과자'야.

먼저 라면을 부셔. 그리고 기름을 넣고 볶아.

그리고 설탕이랑 고추장이랑 물엿을 넣고 더 볶다가,

둥글게 뭉쳐. 그리고 냉장고에 넣어둬.

그러면 단단하게 굳을 거야.

꼭 두 개 이상 해야 돼.

하나는 네가 먹고,

하나는 효정 언니 줘.

효정 언니가 그거 은근히 좋아하거든.

지금은 언니가 없으니까,

집안의 평화를 위해 네가 좀 힘써야겠다.

너도 이제 다 컸잖아.

그렇게 해줄 거지?

어릴 때 효정 언니가 우리 밥 챙겨주고 그랬잖아.

우리는 효정 언니한테 잘해야 돼.

엄마 아빠도 너한테 많이 기대시잖아.

너는 막내지만 엄마 아빠랑 효정 언니 많이 안아줘.

너는 따뜻한 이불 같은 아이야.

너에게 안기면 모두들 행복해져.

그리고 너, 요즘 외모에 신경 많이 쓸 나이잖아?

옷을 어떻게 입어야 예쁘냐면, 그건 효정 언니한테 물어봐.

언니가 패션 센스가 후덜덜이야.

— 나도 언니가 알려준 대로 입었어.

엄마 아빠
나, 소원이 세 가지 있어. 들어줄 거죠?
첫번째 소원은
부자 돼서 으리으리하게 큰 집 사기 전까지는
지금 집에 그냥 살아요.
이사 가면 슬플 거 같아요.
우리 동네가 거기 그대로 있고,
여기 있는 친구들이랑 나도
가끔씩 가서 놀다 온단 말이에요.
엄마 아빠,
나는 지금도 효정 언니랑 유정이랑
우리집에서 다 같이 사는 것 같아요.
그러니까 이사는 좀더 있다가 가요.

두번째 소원은
엄마랑 아빠한테 하나씩.
우선 엄마, 이제 너무 많이 울지 마요.
엄마가 우니까 내가 너무 슬프단 말야.
나 여기서 다 보고 있는데, 엄마가 울면,
아, 나도 눈물 나.
그러니까 이제 아주 가끔 조금만 울어요.

아냐, 아냐, 웃어요.
나를 위해 웃는 거야.
엄마가 웃는 걸 보면 기분이 좋거든.
그리고 아빠,
엄마가 울면 아빠 혼자 옥상에 올라와서
몰래 울잖아.
아빠가 잘 보여서 좋긴 한데,
그래도 엄마 옆에 있어주세요.
엄마를 안아주고, 엄마를 웃겨줘요.
엄마 아빠가 웃는 걸 보면
내가 기분이 진짜 좋아진단 말이에요.

세번째 소원은
엄마 아빠, 나는 효정 언니한테 고마운 게 많아요.
언니는 늘 나랑 유정이를 돌봐줬어요.
그래서 언니가 한동안이라도 모든 걸 다 잊고
여행 가는 걸 보고 싶어요.
유학도 좋고, 어학연수도 좋고.
아, 언니 운전면허도 따면 좋겠다.
엄마 아빠, 나 때문에
효정 언니랑 유정이가 어디 가면 늘 불안하죠?
걱정 말아요. 수정이가 여기에서 지켜보고 있으니까.
그리고 내가 나 좋아하는 남자애들한테 이렇게 말했어요.

야, 너네 여기서 잘 보고 있다가
우리 언니랑 유정이한테 무슨 일 생기려고 하면 말해줘.

아, 엄마 아빠, 효정 언니, 유정아!
난 이제 베지밀 좀 먹고 쉬어야겠어.
베지밀 사왔죠? 어딨어? 내가 좋아하는 베지밀.
빨대도 챙겼지?

—그리운 목소리로 수정이가 말하고, 시인 이우성이 받아 적다.

김
승
태

2학년 6반
1월 6일에 태어났다.

불멸의 사랑

익숙한 냄새가 나는 장롱 밑 비밀 먼지까지
우리집 구석구석을 다 기억해요

침대 꼬랑지만 따뜻하게 데우던 햇볕을
침대 꼬랑지부터 내려앉던 저녁의 어둠을
아주 많이 사랑했어요
부엌의 불빛이 제 방 문틈으로 스며들어오는 새벽 무렵
달그락거리는 엄마의 그릇 소리와 속삭이듯 걷는 발소리를
듣느라 이불 속을 느릿느릿 빠져나오곤 했지요

제가 꼭 그러쥐었던 소중한 세계의 온기를 잊지 않을게요
효도 쿠폰으로 생신 때마다 안마를 해드리며 맡았던 아빠 냄새
엄마가 좋아하던 나그참파 향이 제 인중에 깊이 배어 있어요

나무늘보처럼 소파에 매달려 아빠와 내가 함께 좋아하는
밴드 '장기하와 얼굴들'의 노래를 들을 때
예능 프로그램을 보며 함께 깔깔거릴 때

나의 귀염둥이 똥강아지
동생 민지는 노랑 고무줄로 여드름 때문에 간질간질한 제 이마 위
덥수룩한 머리를 말괄량이 삐삐처럼 묶어주곤 했어요
우리 남매는 사랑을 많이 받아 그늘 없이 밝은 장난꾸러기

였지요

아빠가 일본 하면 제가 도쿄 하던 거, 기억하세요?
아빠가 스페인 하면 제가 마드리드 하던 거, 기억하세요?
여행을 좋아하고 세계지도에 관심이 많은 아이
저, 승태는 지금 순례길을 걷고 있답니다

제가 좋아하는 라디오의 길을 따라
라디오 주파수와 철도 시간표를 따라
생애 처음으로 긴 여행을 하고 있어요
그사이 어른스러워져
생의 모든 장면이 순례임을 생각하고 있답니다

언제나 저는 엄마 아빠 곁에 있을 거예요
엄마의 눈으로 아빠의 눈으로
제가 아끼던 동생 민지의 눈으로
그보다 더 오래된 지혜의 눈으로
아직 오지 않은 미래의 눈으로
함께 보고 느끼고 사랑할 거예요

수선화와 완두꽃, 히야신스, 아네모네
순례길에 만나는 어여쁘고 작은 생명들을 업어줄 때면
아빠의 고향 예산이 그리워져요

—　할머니 할아버지께서 아가 승태를 아껴 땅에 내려놓지 않고
늘 업어주셨던 마음을 헤아려보게 되거든요

보리수 아래
올리브 나무 아래
사이프러스 나무 아래 앉아 있다가
거센 바람에 일찍 떨어지는 안타까운 나뭇잎들을 주워
책갈피에 넣기도 하고
나무 우듬지 위에 도로 앉혀주기도 하고

곡선의 순례길을 꼬불꼬불 따라 걷고 있어요
아라곤과 안달루시아로, 카스티야와 레온으로
아스투리아스와 갈리시아로
지도의 손금을 따라 샛길을 따라
산티아고 데 콤포스텔라에 도착하면

모두를 위해 초를 꽂아놓을 생각입니다
모두를 위해 간절히 기도할 것입니다
저를 위해 엄마를 위해
아빠를 위해 친구들을 위해
지중해의 햇살 때문에 눈이 시리면
반짝, 햇살 같은 눈물 한 방울이 뺨 위에 흘러내릴지도 모르
겠습니다

대성당의 대리석 기둥에 남겨진 성 야고보의 지문 위에
제 지문을 남겨놓겠습니다
먼저 다녀간 사람들의 손자국 위에 제 손자국을 포개놓겠습
니다
시련을 견딘 사람의 증표처럼
성 야고보의 빛을 느낄 자격이 있는 사람의 인증처럼

지금은 잠시 걸음을 멈추고 바닥에 앉아 쉬고 있어요
아코디언으로 연주하는 거리 연주자의 멋진 탱고 음률에 사
로잡혀
귀를 기울이느라고요, 음악은 약보다 몸에 좋아요

때로는 도시의 보도블록 위에 내리는 빗방울과 함께 명랑한
스텝을 밟느라
신발의 앞코가 젖을 때도 있답니다

오늘은 1월 6일, 제 생일이에요
저는 그동안 2센티미터 더 자라 180센티미터가 되었답니다
여행지의 풍경들은 키가 크기에 좋은 자양분들이거든요
엄마 아빠의 소원대로 저는 185센티미터까지 클 자신 있어요
여행을 하는 동안 세계문학 전집들을 읽을 계획이에요

괴테의 전집을
보르헤스의 전집을
장자를, 불교의 초기 경전을
구약을 읽으려고요
거장의 위대함에 몰두하려고 하는 게 아니랍니다
이제 열아홉이 된, 지적 영감이 폭발하는 나이인
저 자신에게 몰두할 거예요

제 두 손은 날개를 닮았을 뿐, 영원히
여전히 엄마 아빠의 귀염둥이 아들이랍니다
제 나이가 감당하기 어려운 시련을 겪은 후
가족과 친구들을 어제보다 더 사랑하게 되었어요
저는 이제 '불멸의 사랑'이에요

머지않아 저는 대성당의 계단을 오르게 돼요
별빛의 감촉을 아주 가까이 느끼게 되겠지요
이번 여행을 통해 우주의 내면 깊은 곳에 있는 정거장까지 들
러볼 거예요
날마다 새로운 지도와 새로운 시간표를 머리맡에 두고 뒤설
레며 잠드는
저를 위해 기도해주세요, 아름다운 풍경은 용감한 여행자들
의 것이니까요

—그리운 목소리로 승태가 말하고, 시인 권현형이 받아 적다.

김 승 환

2학년 6반
8월 7일에 태어났다.

보고 있어요. 보고 싶어요.

오늘도 계단이 생겼어요.
지상으로 이어진 계단.
바람이 등을 구부리고
구름이 얼굴을 맞대며
아래로, 아래로, 계단을 만들어줬어요.

내려갈 수는 없지만
저는 매일 계단에 앉아
가족을 보고 친구들을 보고
또 선생님들을 본답니다.
아래로, 아래로, 고개를 숙이면서.

안녕. 안녕하세요. 저 승환이에요.

엄마. 사랑하는 엄마.
저는 지금 예쁘게 옷을 입고
좋아하는 노래도 부르면서
엄마에게 손을 흔들고 있어요.

엄마도 알죠? 제가 멋쟁이라는 걸.
엄마의 자랑스러운 아들이니까
내가 멋있는 건 당연한 거잖아.

조금 더 불러보고
조금 더 그리워하고
조금 더 떠올려볼걸.
엄마와 함께한 추억이 조금 모자라지만
모자란 만큼 엄마를 더 새기고 있어요.

기억나세요?
엄마랑 함께 가다 계단에서 넘어졌을 때
엄마가 저를 꼭 안아서 지켜주셨잖아요.
엄마의 몸으로 위험을 막아주셨잖아요.

아직도 엄마의 정강이에 있는 흉터
가득한 사랑이라고
지극한 헌신이라고
믿어왔어요. 믿고 있어요.

여기에 있는 계단은 푹신하고
넘어져도 아프지 않아요.
모두 사랑하며 서로 지켜주고 있으니
걱정하지 마세요.

간들간들하게 구름이 지나갈 때
간질간질하게 바람이 불어올 때

계단에 앉아 제가 손을 흔들 테니
엄마도 하늘 보면서
손을 꼭 흔들어주셔야 해요.

아빠도 자주 하늘을 봐줄 거지?
우리는 지금 떨어져 있지만
영원한 가족이잖아요.
여기서 바둑 열심히 배워서
언젠가 아빠랑 바둑을 둘 거예요.
나는 섬세하고 신중하니까
아빠를 꼭 이길 수 있을 거야.

그때는 엄마가 훈수를 두어도 괜찮아요.
친구 같고 항상 내 편이 되어준
승현이 형이 아빠 편을 들어도 괜찮아요.
대신, 형은 내가 코디해준 옷 입고 와야 해.
멋있는 형이니까.
듬직한 우리 형이니까.

우리는 지금 멀리 있지만
영원한 가족이잖아요.
오해가 있었고 가끔 미워했더라도
가족이 건강하게 잘 지내야

제가 자주 웃을 수 있어요.

하나하나의 계단처럼
낮은 높이로 서로를 이어주는 일.
하나하나의 높이가 길을 찾아주는 일.
그게 가족이 주는 믿음과 같다고 생각해요.

아래로, 아래로 만들어진 계단에 앉아
저는 모든 걸 이해하면서
엄마, 아빠, 형을 지켜줄 거예요.

오늘은 내 생일인데
날씨가 엄청나게 더워요.
엄마는 이런 날씨에 날 낳는다고
얼마나 고생하셨을까?
또 아빠는 이 더운 날씨에
얼마나 내 얼굴을 기다리셨을까?
생각해보면 부모님께 감사한 마음뿐이에요.
두 분의 은혜를 잊지 않겠어요.

제가 좋아하는 음식 많이 준비해오셨죠?
저도 여기서 반갑게 생일상 맞이할게요.
사랑하는 분들과 함께여서 더욱 좋은

오늘은 저의 생일이니까요.

—그리운 목소리로 승환이가 말하고, 시인 정영효가 받아 적다.

김
제
훈

2학년 8반
2월 23일에 태어났다.

나는 우리 가족의 119, 부르면 언제든 달려옵니다!

1.
제영아 듣고 있니?
제훈이 형이야
형…… 하고 한번 불러봐줄래?

제영아,
형이 생각날 땐 있지,
슬퍼해도 좋은데 있지,
울어도 좋은데 있지,
내 이름을 불러주라
휘파람을 불듯 입을 모아
제훈이 형아, 하고 나를 불러주라
그럼 나는 있지,
네 옆에 바싹 붙어 앉아
조물조물 네 귓불을 만지고 있을 거야
간지러워도 참아야 해
귀찮아도 참아야 해
그게 너와 나니까
우리니까

2.
아빠 듣고 있어요?
제훈이요 큰아들이요

제훈아…… 크게 한번 불러봐주실래요?

아빠,
제훈이가 생각날 땐
수영복과 수영 모자부터 챙기기예요
배가 나와 수영장은 안 되겠다 싶으시면
등산복과 등산용 배낭을 꺼내 털기예요
엄마 김밥이 맛있잖아요
산 정상에서 남은 생수로 땀 씻으면서
세수는 이런 거다, 알려주셨잖아요
금요일 토요일 일요일 연휴인 날엔
텐트 챙겨 캠핑도 떠났다 오세요
그렇게 식구들 한데 몸 비비고 자야
제훈이가 어쨌더라, 제훈이가 저쨌더라
저도 슬쩍 끼워주실 거 아니에요
하기 싫어도 해야만 해요
해주기 싫어도 해줘야만 해요
그게 아빠와 나니까
우리니까요

3.
엄마 듣고 있어요?
제훈이요 우리 제훈이요

제훈아…… 다정하게 한번 불러봐주실래요?

엄마,
제훈이가 생각날 땐
라디오 볼륨을 마구마구 키워주세요
엄마가 음악을 들어야 나도 들을 수가 있거든요
벚꽃이 피면 벚꽃 가지도 꺾어다주세요
엄마가 벚꽃 향기를 맡아야 나도 맡을 수가 있거든요
탈모에 좋은 샴푸로 매일매일 머리도 감기예요
엄마가 곧 그림 공부를 시작할 거라고 했잖아요
엄마가 이젤 앞에서 붓을 들고 그림을 그릴 때
껌딱지처럼 엄마 등뒤에 붙어 잔소리할 사람,
나 말고 또 누가 있겠어요
이래 봬도 나는야 예민하고 깔끔한 제훈이
모자지간에도 에티켓은 필수 아니겠어요
웃음이 나면 목젖이 보이도록 웃어야 해요
흥이 나면 콧노래도 흥얼거려야 해요
그게 엄마와 나니까
우리니까요

4.
그러니까 모두들
내 걱정은 말아요

나는 아주아주 잘 지내고 있어요
성당에서 복사를 해봤더니
어르신들 시중드는 일 정도는 식은 죽 먹기예요
간간 우는 어린아이들 업어주곤 하는데요,
책가방 메기보다 훨씬 쉬워요
내 키가 186센티미터잖아요
아무래도 여기 와서 좀더 자라지 않았나 싶어요
잘 먹고 잘 자고 잘 놀고 그러다보니까
기지개 그림자가 더 늘어져 보이는 거예요
이러다 내 키가 2미터를 넘으면 어쩌지요
머리가 버스 천장을 뚫고 나가면 어쩌지요
내 걱정은 아주 건강한 걱정
내 걱정은 아주 배부른 걱정
그러니까 모두들
내 걱정은 말아요

5.
오늘은 내 생일
생일빵을 맞을 수는 없지만
생일 선물로 소원이 하나 있어요
들어주실 거지요?

아빠 엄마

4월에는,
4월 16일에는,
제영이와 함께
벗꽃 구경을 다녀오셨으면 해요
벗꽃 구경 인증 샷 한 장 찍어오셨음 해요

벗꽃이 가장 아름다울 시절이잖아요
벗꽃 아래 찍은 가족사진 속에
우리들 참 환하게 웃은 적도 있잖아요
그 사진 속에 제영이는 없었어요
아마도 제영이가 사진을 찍느라 그랬나봐요
그때 나는 턱에 대고 V 라인을 그리기도 했었죠
수줍음이 많은 난데 진짜 기분이 좋았었나봐요

나는 이렇게나 추억할 거리가 많은데
내 사진 몇 장 없다고 슬퍼하면 곤란해요
사진 한 장 없이 여기 온 친구들도 무지 많거든요
그 친구들 앞에서 가진 게 많을수록 민망해지거든요

6.
올해도 어김없이 '버스커버스커스'의 〈벗꽃엔딩〉이
벗꽃 축제의 배경 음악으로 흘러나오겠지요
흐드러진 벗꽃 아래 가족사진 한 장

생일 선물로 받고 싶어요
거실 벽 한가운데 가족사진 한 장
생일 선물로 갖고 싶어요
그래야 내가 볼 수 있거든요
그래야 내가 안심할 수 있거든요
웃으면 복이 온다는데
잊지 마세요,
웃으면 제훈이가 웃습니다
그리고 참,
옆집에서 프라이드치킨을 배달시킬 때
내 생각 난답시고 참지 말고
주문하는 거 잊지 말기예요
이왕이면 양념 하나 프라이드 하나, 두 마리요
그래야 내가 먹을 수 있거든요
그래야 내가 닭 투정을 안 할 수 있거든요
간절히 원하면 이루어진다는데
잊지 마세요,
우리 가족이 건강해야
제훈이도 오래오래 건강합니다

—그리운 목소리로 제훈이가 말하고, 시인 김민정이 받아 적다.

김
주
아

2학년 1반
4월 10일에 태어났다.

나는 그림 편지, 주아예요

난 연둣빛 가득한 봄날에 태어난 아이
난 하얀 초승달처럼 매력적인 눈웃음을 가진 아이
난 그림을 기차게 잘 그리는 아이
난 딸바보 아빠를 둔 아이
난 씩씩한 엄마를 둔 아이
난 다정하고 든든한 언니를 둔 아이
난 오로라처럼 한없이 친구를 사랑하는 아이
난 노란 감꽃처럼 환한 기억을 품고 있는 아이

난 그런 아이 나야 나 주아!

놓치고 싶지 않은 기억 기억하고 싶은 사랑
보이지 않지만 우린 모두 기억의 끈으로 묶여 있는 거야

오늘은 금요일 주아가 돌아온다고 했던 금요일이니까
조금 늦었지만 오늘은 내 생일
조금 늦었어도 행복한 내 생일
기억해줘서 고마워 너무나 신나
〈어드벤처〉 타임에 나오는 마셀린처럼 멋지게 기타 치며 노래를 해줄까
소니엔젤 인형처럼 귀여운 모자 여러 개를 번갈아 쓰고 춤을 춰줄까
잘 들어봐 잘 기억해봐

내가 노래하고 춤을 추는 모습을

나와 함께 지금 이곳에 있는 이 시간
슬픔을 슬픔답게 충분히
기쁨을 기쁨답게 충분히
눈물을 눈물답게 충분히
웃음을 웃음답게 충분히
기억을 기억답게 충분히
오늘은 내 생일이니까 이렇게 충분히 주문해도 되지?

엄마, 엄마의 환상 궁합 막내 주아
엄마 딸로 태어나 많이 행복했어
나 입술 찢어졌을 때 업고 뛰어준 거 고마워
엄마가 보고 싶을 때
엄마 등에 업히고 싶을 때
따뜻한 엄마 마음 느끼고 싶을 때
내 입술 딱딱한 흉터 손가락으로 가만히 쓰다듬어
그럼 엄마를 느낄 수 있어 아, 따뜻하고 부드러운
내 생일날 자르지 않은 기다란 미역으로 끓여준 맛있는 미역
국 기억해
엄마가 해준 치즈 들어간 스파게티 정말 먹고 싶을 때가 있는
데 그건 좀 서운해
엄마

내가 쓴 사랑의 편지 잘 간직하고 있지?
읽는 시간 동안은 울어도 좋아
엄마는 나와 친구들을 위해 여기 있는 모두를 위해
힘쓰는 막강 파워 엄마니까
노란 물결 출렁이는 그곳에 있을 거니까
더 슬플 수 있어 더 울고 싶을 수 있어 더 그리워할 수 있어
그럴 땐 가만가만 내 이름을 불러줘
"내 딸 주아야"
그러면 내가 엄마 곁에서 들을 수 있어
난 엄마 딸이니까 다 기억할 수 있어
여기서도 신나게 씩씩하게 잘 지내
주아 한없이 사랑해줘서 고마워
엄마는 최고야!

아빠, 딸바보 아빠 딸 주아
아들인 줄 알았는데 딸이라서 실망했다면서?
그래서 아빠가 더 많이 주아 사랑하는 거 알아
아빠
이제 내 이름 부르는 거 편해졌어?
갑자기 나 사라져서 많이 화났지?
많이 슬펐지?
곁에 없다고 기억에서 사라지는 건 아니니까
너무 슬프다고 너무 속상하다고 아빠를 힘들게 하지 마

아빠 잘못이 아니야
아빠
그림 잘 그리는 딸 좋은 학교 못 보내줘서 속상했지?
내가 그린 멋진 그림들 태웠다면서?
혹시 지금 후회하는 중?
말 안 해도 다 알아
나 주아잖아
사실은 그 그림 내가 다 가지고 있으니까 걱정 마
아빠는 주아 아빠이기도 하고 내 친구들 아빠이기도 해
나와 친구들을 위해 애쓰고 노력하고 힘내는 거 알고 있어
아빠가 시키는 설거지를 할 수도 없지만
아빠의 어깨를 토닥토닥해줄 수도 없지만
주아는 아빠 마음속에 언제나 가득하니까
아빠 정말 고마워!
아빠 정말 사랑해!
아빠가 사랑하고 믿은 만큼
여기서 아빠를 기억하며 사랑하고 믿어
난 아빠바보 주아니까
아빠는 최고야!

정아 언니, 엄마 같은 내 언니
어릴 때 친구들과 놀지도 못하고 나 돌봐줘서 고마워
내 얘기 많이 들어줘서 고마워

오래 곁에 있어주지 못해 미안해
언니처럼 멋진 대학생 되고 싶었는데
언니처럼 미국 가서 예쁜 캐릭터 인형 사주고 싶었는데
언니랑 디즈니랜드 가서 신나게 놀고 싶었는데
알지 내 마음?
언니는 내 언니니까
언니도 힘들 땐 내 생각하면서 조금 울어도 좋아
언니가 울면 아빠도 엄마도 울지 몰라
언니가 힘들면 엄마도 아빠도 힘들지 몰라
그러니까 가끔 밤중에 몰래 하늘을 봐봐
손 흔들어줄게
바람이 언니 손을 스치면 그게 내가 보내는 하이파이브야
언니
엄마, 아빠 많이 안아줘야 해 많이 웃어줘야 해
내 꿈까지 기억하면서 언니가 그릴 수 있는 모든 것을 그려줘
부탁만 해서 미안
하지만 언니는 주아 언니니까 뭐든지 할 수 있을 거야
언니는 최고야!

나 없어도 엄마랑 아빠랑 정아 언니랑 제주도 여행 꼭 가야 해
이건 주아 소원이야 약속이야
멋진 사진도 찍고 맛있는 것도 먹으면서 주아 생각도 함께
해줘

내가 다 보고 있을 거야
매일 슬프다고 우는 것보다
주아 생각 하면서 멋지게 여행 갔다 오는 게
나에게 주는 선물임을 기억해줘
우린 서로 마음으로 기억할 수 있으니까
여기 온 모든 사람들 앞에서 약속!

친구들아 나야,
1학년 7반 부반장 김주아
공부방 친구들은 왔을까?
초등학교 때부터 공부방 같이 다녔던 영진이 오빠도 왔을까?
여자친구가 많이 왔을까?
남자친구가 많이 왔을까?
함께 우르르 몰려다니면서 실컷 놀고 싶었는데
함께 깔깔거리며 신나게 공부하고 싶었는데
내가 그린 그림 보여주고 으쓱거리며 자랑하고 싶었는데
내가 없는 내 책상에서
편지를 쓰거나 엎드려 눈을 감고 있을 친구도 있겠다
가끔은 마음 따끔거리고 슬프고 억울하고 속상할 때도 있겠다
그건 좀 미안해
하지만 걱정 마 우리에겐 니나쌤이 있어
니나쌤은 잔소리도 하지만 우리를 엄청 챙겨
니나쌤은 짱짱우먼이야

여기서도 내 목표는 '선생님에게 이쁨받기'라는 사실
서인국 신곡 나오면 룰루랄라 신나게 내 생각 해줄래?
투애니원 신곡 나오면 룰루랄라 신나게 내 생각 해줄래?
보지 않아도 듣지 못해도 말할 수 없어도
우린 기억의 끈으로 연결되어 있을 테니까
다 들을 수 있어 다 볼 수 있어
이제 아프지 않아
여기서 잘 먹고 잘 놀고 잘 지내

내 그림 솜씨는 여기서도 탁월하지
천사들이 그려달라는 주문이 어쩌나 많은지
가끔 귀찮을 때도 있지만 행복해
구름을 타고 다니면서 원 없이 그림을 그리지

엄마가, 아빠가, 언니가, 나를 기억하는 모든 사람들이 생각
날 때
나도 가끔 눈동자가 따끔거릴 때 심장이 두근두근 떨릴 때
그리운 사람들을 그려
무지개가 펼쳐지면 붓으로 살짝 찍어 색을 칠하지

왜 그 깊은 바닷속으로 되돌아갔냐고 슬퍼하지 마
눈 딱 감고 앞으로만 뛰어갔으면 행복했을까?
친구의 소중한 눈빛을 봤으면 누구라도 되돌아갔을 거야

친구가 부르는데 뒤돌아보지 않을 수 없었어
이해하지?
난 사랑 가득한 주아니까

별빛이 찬란하게 빛나는 날에는
햇빛이 볼에 따끔따끔 부딪히는 날에는
달이 동그란 눈을 찡긋거리는 날에는
비가 부슬부슬 이마를 가만히 쓰다듬는 날에는
바람이 상쾌하게 코끝을 스쳐지나가는 날에는
어김없이 내가 노는 시간이야
그러니까 무슨 말이냐면 나는 잘 있어, 라는 신호야

자 모두 나 대신 크게 외쳐줄래?
아빠 안녕!
엄마 안녕!
언니 안녕!
친구들 안녕!
그리고 내 생일을 축하해주러 온 모든 사람들 안녕! 안녕!
안녕!

내가 보고 싶을 때 어디에서고 이렇게 속삭여봐
주아 안녕!이라고
그러면 나도 귀 쫑긋 세워 다정하게

두 손을 나팔처럼 펼치며 이렇게 대답해줄게
그래 나야 나, 사랑스러운 주아!

—그리운 목소리로 주아가 말하고, 시인 유현아가 받아 적다.

김
혜
선

2학년 9반
11월 21일에 태어났다.

마음이 너무 많아서

여기서는 뺄셈만 배워요. 뺄셈은 아주 가볍죠.
고통을 빼고 두려움을 빼고 안타까움을 빼면
내게는 추억들만 남아요.

나는 매일매일
마술사처럼 '짠' 하고 추억을 꺼내 보여요.
그럴 때마다 저 지상에선 비가 내려요.
내가 누렸던 기쁨만큼 빗방울이 떨어지면
내가 사랑했던 사람만큼 우산이 펼쳐져요.

저는 지금 높은 곳에서 세상을 내려다보고 있어요.
가장 높은 곳에서요.

우산을 쓰고 등교하는 꼬마들이
무당벌레처럼 보이는 아침.
건널목에는 녹색어머니들이 깃발을 들고 서 있지만
아주 작은 풀잎처럼 보여요.

주머니 속에 손을 넣어 언니가 준 용돈을 꼭 쥐어요.
조금만 기다리면 언니가 과자를 사올 시간인걸요.
언니가 사다주는 과자를 와작와작 먹는답니다.
먹는 소리를 들었는지, 언니가 잠시 하늘을 보네요.

가족이 그리울 때에만 잠깐 신발을 신어봐요.
정표를 나눠 가진 듯이 한 짝은 우리집에 있어서
한 발은 여기, 한 발은 거기, 껑충 뛰어갈 수 있어서요.
따뜻한 내 방 전기장판에 대자로 누워볼 수 있어서요.

태어날 때에 갖고 태어난 내 모든 행운들을
집안 곳곳에 숨겨놓고 돌아오곤 한답니다.
이곳은 행운이 필요 없는 곳이라서요.
내 몫의 행운들을 우리집에 두고 오면
잘 빼고 잘 챙겨둔 추억들이 곱셈을 한 듯이 많아져요.

내가 얼마나 친구가 많았는지 걔네들과 얼마나 재미있게 놀
았는지
내가 얼마나 많이 웃었는지 얼마나 많이 웃게 했는지
열일곱, 열여섯, 열다섯, 열넷 열셋…… 그렇게 자꾸
한 해 한 해 조금씩 자라나던 내 모습들로 돌아갈 수 있어요.

그러면 더 잘 알게 돼요.
그러면 더 잘 보이기 시작해요.
학교 다녀오겠습니다, 에서부터
학교 다녀왔습니다, 까지의 하루들이
반짝반짝 빛을 내어 더 잘 보여요.

엄마, 크리스마스에 내가 같이 놀아줘서 좋았죠?

아빠, 내가 만든 어설픈 생일 케이크, 기뻤죠?

언니, 내가 들려준 우스개들, 언니한텐 좀 싱거웠겠지만 그래도 즐거웠지?

엄마, 나도 참 좋아요. 내가 엄마의 보물 2호라서.

아빠, 나도 참 기뻐요. 아빠가 더 좋은 아빠가 되시려고 항상 애써주셔서요.

언니는 알 거야, 언니가 준 용돈들을 두 배 세 배로 갚고 싶었던 내 마음.

저는 이렇게 잘 지내고 있답니다.

여전히 편식을 하고 여전히 수다를 떨면서요.

여전한 것들에게 여전히 인사를 건네면서요.

조금씩 키도 더 크는 것만 같고

조금씩 얼굴도 더 예뻐지는 것만 같고요.

제가 누렸던 행운들과 축복들을

하루에 하나씩 다디단 것들을 사탕을 고르듯 골라

볼에 머금어요. 조금씩 녹여 먹어요.

이곳에서 나는 날씨를 디자인하는 일을 맡았어요.

아직 서툴지만 구름의 무늬와 바람의 강약을 디자인해요.

날마다 햇살의 두께를 결정하고 날마다 어둠의 농도를 궁리
해요.

정확해야 해서 수학을 잘해야 하고요,
통솔력도, 의사소통 능력도, 그림 실력도 있어야 해서
언제나처럼, 운 좋게도 내가 맡게 되었어요.
저는 이렇게 잘 지내고 있답니다.

보이시죠 다들.
오늘의 스페셜 날씨입니다.

오늘은 눈을 내려볼게요. 마술사처럼 나도 '짠' 하고
하얀 추억들을 뿌려야겠어요.

너무 많이 우는 우리 엄마,
너무 많이 미안해하는 우리 아빠,
너무 많이 슬픔을 삼키는 우리 언니,
너무 많이 힘들어하는 내 단짝 주희,

내가 너무 많이 사랑했던 사람들의
너무 많은 마음 위에
깨끗한 눈송이들을 조금씩만 골라보았어요.

마음이 너무 많아서
천천히 오래오래 곁으로 보낼게요.
비가 오면 손을 뻗고요, 눈이 오면 혀를 내밀어주세요.
별이며 달이며, 자세히 보면 새로운 모양일 거예요.
제가 제 맘대로 디자인한 거예요.
좋다, 하고 말해주세요.

—그리운 목소리로 혜선이가 말하고, 시인 김소연이 받아 적다.

김
호
연

2학년 4반
11월 26일에 태어났다..

바람과 구름과 빛과 호연이와

엄마. 나야.

모두들 내 생일 축하하러 온 거, 맞죠?
따뜻하게 입고 온 거, 맞죠?

바람.
구름.
빛.
더러워질 줄 모르는 것들.
여긴 그래요.
갓 구운 빵 냄새가 가득하고
야구공의 포물선이 까마득하게 아름다워요.

캐치볼을 하고 기타를 치고 책을 읽으며
부푼 꿈을 꾸고 또 꾸어도 부족하지 않은
넉넉한 하루.
25시간보다 훨씬 더 긴 하루.
하루와 하루가 찰랑찰랑 잠 없는 꿈처럼 이어져서
모든 시간이 그저 하루나 마찬가지.

여기선 한꺼번에 다 보여요.
내가 태어난 그날부터
내가 없는

나의 생일까지.

갓난아기인 나에게 살며시 다가가봅니다.
아기는 엄마 심장을 빼앗은 줄 알고 겁이 나서 막 울고 있어요.
세상에 나와 힘차게 심장이 뛰기 시작했는데
엄마 심장은 물에 잠긴 듯 가만히 멎어 있으니까.
아기는 엄마가 깨어나길 기다리고 기다려요.
겨우 깨어난 엄마 품에 안겼을 때 아기는 또 막 울고 마네요.
너무 듣고 싶었거든요. 두근두근 엄마의 심장 소리를.

아기는 무럭무럭 자라
하루가 다르게 소매와 바지가 껑충해집니다.
키가 크고 눈매가 서글서글하고 예의 바른 소년이 됩니다.
다감한 엄마 덕분에.
묵묵히 울타리가 되어준 아빠 덕분에.
든든하게 곁에 있어준 형 덕분에.

엄마. 미안해요. 좀더 살가운 아들이었으면 좋았을 텐데.
아무거나 맛있게 잘 먹는 아들이었으면 좋았을 텐데.
엄마 등이 따뜻하도록 뒤에서 꼭 껴안고 사랑한다고 말할 기
회가
앞으로도 얼마든지 있을 줄 알았는데.

아빠. 나는 괜찮아요.
우진이도 있고 다른 친구들도 많아서 외롭지 않아.
눈을 감은 채 박효신의 새 앨범을 듣기도 해요.
구름 한 조각을 빈자리에 끼워넣어 퍼즐판을 완성한 다음
야호, 만세를 부르기도 하고요.

형. 알지?
내가 형을 얼마나 자랑스러워했는지.
내 곁에서 나보다 조금 먼저 세상을 느껴줘서
못다 한 나의 수학여행을 대신 다녀와줘서
얼마나 얼마나 고마웠는지
말 안 해도 알지?
꿈속에서도 알지?

바람.
구름.
빛.
여긴 그래요.
바람은 엄마처럼 부드럽고
구름은 아빠처럼 두둥실 떠 있고
빛은 형처럼 환해요.
커다란 곡선을 그리며 날아와 나의 글러브 안에 착 감긴 야
구공에는

짧은 편지가 적혀 있어요.
〈내 아들 호연아,
16년 5개월, 짧지만 아들 땜에 참 많이 행복했다.
고마워. 미안하고 사랑해.〉

저도 고마워요.
나의 엄마, 나의 아빠, 나의 형, 나의 친구들이 되어주어서.
나의 16년 5개월이 되어주어서.

아직도 가슴 벅찬 꿈을 꾸어요.
노래와 야구와 달리기와 책을 좋아하는
멋진 하늘의 경찰이 되는 꿈을.
땅과 바다의 경찰들은 우리를 지켜주지 않았지만
나는 여기서 나의 가족과 친구들을
그리고 아이들을 지켜주고 싶거든요.

김이 모락모락 피어오르는 군고구마가 먹고 싶어지는 계절
오늘은 나의 열일곱번째 생일.
따끈한 미역국 냄새가 여기에도 가득 퍼져요.
귀빠진 날이라고 우진이는 내 귀를 바싹 당기며 싱긋 웃네요.

그러니 울지 마세요.
생일에는 활짝 웃는 게 좋잖아요.

내 손가락으로는 눈물을 닦아줄 수 없잖아요.

밝고 환하게 축하 노래를 불러주세요.
여기서 나는 그 노래에 맞춰 기타로 반주를 할게요.
숨을 가득 모아 촛불을 불어주세요.
그 입김에 나의 숨결이 섞여 있을 거예요.

보고 싶었어요.
보고 싶어요.
보고 싶을 거예요.
애타게요.
그럴 때는 살짝 고개를 돌려 옆을 봐요.
내가 팔짱을 끼고 있을 테니까.
바람.
구름.
빛.
더러워질 줄 모르는 것들.
나는 그렇게 곁에 있을 테니까.

—그리운 목소리로 호연이가 말하고, 시인 신해욱이 받아 적다.

박
성
호

2학년 5반
6월 4일에 태어났다.

나의 사랑들에게

나의 사랑, 정혜숙 세실리아 씨
엄마, 사랑해요.
엄마, 고마워요.
엄마, 너무 사랑하고 고마워서, 미안해요.
제가 미안하다는 말 했으니까.
엄마는 이제 저한테 미안하다는 말, 하면서 울기 없기예요.
울지 않고 씩씩하기예요.
내가 세상에서 젤 사랑하는 울 엄마
정혜숙 세실리아 씨!
엄마의 사랑하는 아들
성호 임마누엘이에요.
나의 사랑, 정혜숙 세실리아 씨.
저는 어떻게 잘 지내고 있냐고요?
저는 사랑 듬뿍 받으면서 아주 잘 지내고 있어요.
나는 당신의 남자.
나는 당신의 아들.
그리고 이제는 성호성당의 사제
주님의 사제 성모님의 사제
성호 임마누엘이니까요.
나의 사랑, 정혜숙 세실리아 씨,
제가 엄마를 세실리아 씨라고 부르니까
옆에 계신 이태석 요한 신부님이
어머니라 부르라고 옆구리를 쿡쿡찌르네요.

존경하는 어머니라고 의젓하게 한번
불러보라고 하시네요. 흠흠.
나의 사랑, 나의 정혜숙 세실리아 어머니,
저는 아주아주 잘 지내고 있어요.
오늘은 제 생일이기도 해서
눈을 뜨자마자 성당에 나가 기도부터 했어요.
어제는 이태석 요한 신부님과 함께
아프리카에 있는 수단 톤즈에
다녀오기도 했는데요.
갑자기 이태석 요한 신부님께서
그니깐 저한테 막 갑자기 아이유 댄스를 추라는 거예요.
제가 부끄러워서 못한다고 막 도망치려고 하니까.
신부님께서 또 막 갑자기 아이유 노래를 트는 거예요.
그래서 어쩔 수 없이 춤 실력을 좀 보여줬죠.
그랬더니 난리가 났어요. 믿기지 않겠지만
이태석 요한 신부님도 제가 추는 춤을 막 따라서 췄다니까요.
얼마 전에는 노짱님이랑 모내기도 하고 자전거도 같이 탔어요.
발이 논에 푹푹 빠지는 느낌도 좋았고,
자전거를 타고 논둑을 달리는 것도 재미있었어요.
노짱님은 제가 대통령님이라고 부르는 것보다
노짱님이라고 부르는 게 더 좋대서
요새는 그냥 노짱님이라고 부르고 있어요.
아 참, 엄마. 외할머니께 저 잘 있다고 안부 전해주시고요.

나의 사랑, 보나 누나 예나 누나

알콩달콩 잘 지내고 있겠지?

먼저, 보나 누나. 누나가 보내준 편지 잘 받았어.

나름 감동적이더군. 바로 답장을 못 보내서 좀 미안하고 말이야.

난, 주님과 성모님 사랑 많이 받으면서 행복하게 잘 지내고 있어.

선생님이랑 친구들이랑도 친하게 잘 지내고 있고.

그러니까 누나들도 나처럼 잘 지내려고 열심히 노력하길 바라.

주님의 일도 잘하고. 알겠지?

나의 사랑, 보나 누나, 예나 누나.

누나들을 따라 주일학교에 다니던 때가 생각나.

예쁜 대학생이 된 보나 누나 마중 나갈 때도 생각나고

예쁜 예나 누나가 야간자율학습 마치고 올 시간에 맞춰

마중 나가던 때도 생각나. 그렇게 우리가 걷던 때 말이야.

그때 마시던 공기 냄새 바람 냄새 나무 냄새도 다 생각나.

누나들도 화정천 걷던 때 많이 생각나지?

생각해보니까 나는 누나들이 뭘 해도 무조건 누나들 편이었던 같아.

나는 늘 보나 누나 편이었고, 또 늘 예나 누나 편이었지.

그러니까 나 성호 임마누엘은 앞으로도 쭉 누나들 편이라는 얘기.

아 참, 나의 사랑 예나 누나.

예나 누나 수능 끝나고

기윤이랑 나랑 같이 축하주 마시려고 했는데 그렇게 하지 못

했잖아.

근데, 얼마 전에는 기윤이랑 맥주 한잔했다며? 잘했어.

난 맥주는 아니지만 얼마 전에 막걸리를 마셔보았어.

머리가 핑 도는 게 어찌나 어질어질하던지.

노짱님께서 모내기가 끝난 뒤에 한 사발 따라주셨었거든.

어른이 주는 건 마셔도 괜찮다 하시기에 안 마실 수가 없어,

그래서 마셔보았지.

나의 사랑, 막내 성은아

형을 자유로운 영혼의 소유자라 말해주고

또, 착하기만 한 게 아니라

똑똑하고 현명한 선비이고 신선이고 양반 같다고 말해줘서

고마워.

내가 축구선수를 꿈꾸던 때

너와 함께 공원으로 운동을 나갔던 때가 떠오르곤 해.

그때 너와 함께 갔던 PC방도 생각나고 그래.

그때 너와 나의 소심한 일탈이 참 즐거웠었지.

과학을 좋아하고 실험 정신도 강한 우리집 기둥

나의 사랑 나의 동생 성은아,

초등학교 때 너랑 둘이 나가서 놀다가

뱀을 잡았던 때도 생각나.

그때 우리가 살모사를 잡지 않은 건 정말 잘한 일인 것 같아.
그치?

나의 사랑 성은아,

넌 우리집 막내이기도 하지만, 넌 우리집의 기둥이기도 해,
그걸 잊지 말기 바라.

알아서 잘하겠지만 말이야. 기둥이 흔들리면 엄마도 흔들리고
누나들도 흔들리니 너는 절대 흔들리기 없기야. 알겠지?

나의 사랑, 나의 베프 기윤아.

나의 진정한 짝, 나의 처음 짝, 나의 영원한 짝 기윤아.

너랑은 딱 한 번 같은 반이었는데

세상에 둘도 없는 친구로 지낼 수 있어서 기뻐.

니네 집하고 우리집하고 가깝게 지내는 것도 좋고.

초등학교 1학년 때 기윤이 네가 팔을 다쳐서

두 달간 병원에 입원했던 때 기억하지?

내가 그때 내 짝인 너를 보기 위해 두 달 동안 매일

걸어서 다녀왔잖아. 심심해할 너를 보려고 말이야.

그때부터 우린 이미 영원한 친구였으니까.

그때부터 우린 쭉 세상에 둘도 없는 친구였으니까.

나의 사랑 나의 베프 기윤아.

오늘 내 생일이고 하니까

내 생일을 나누기 위해 와주신 사람들을 위해

이따가 예나 누나랑 같이 댄스 실력을 보여줘보는 건 어떨까.
이따가 혹시, 우리들의 친구인 명수 아저씨가 시키면
예나 누나랑 같이 '댄스 맛'이라도 잠깐 보여줘야 해, 알겠지?

허걱, 저 봉사 활동 하러 갈 시간이에요.
제가 먼저 제 생일이고 해서 봉사 활동 하러 가자고 했거든요.
요한 신부님이랑 노짱님이랑 선생님들이랑 친구들이 옆에서
기다리고 있어요.
아 참, 주님도 성모님도 그리고 저를 기다리고 있는 제 사랑
들도
제 생일을 축하해주기 위해 모인 모든 분들께 안부 인사를 전
해달라네요.
사랑을 전해달라네요. 고마움을 전해달라네요.
엄마, 사랑해요. 보나 누나 예나 누나, 사랑해.
성은아, 사랑해. 기윤아, 사랑해. 친구들아 사랑해. 잊지 않고
찾아와준 분들 모두 사랑해요.
그럼, 안녕요. 또 봐요!

—그리운 목소리로 성호가 말하고, 시인 박성우가 받아 적다.

박
정
슬

2학년 10반
7월 22일에 태어났다.

'저 정슬인데요, 잘 키워주셔서 감사합니다'

수경 이모랑 며칠 동안 같이 놀았어요.
수경 이모는 독일이라는 먼 곳에 살아요.

이 나라에 너도 오고 싶었을지 몰라.
여기에도 네가 좋아하는 음악, 춤, 연극 들도 있고
아름다운 성도 있고
대학, 도서관, 박물관, 화랑,
네가 어른이 되면 다 보고 싶었을 것들.

수경 이모는 울었어요.
자꾸 울어서 제가 말했어요,
수경 이모, 오늘은 내 생일이에요,
울지 마세요.

그제야 수경 이모는 눈물을 닦았어요.
식구들, 보고 싶지? 물었어요.

그럼요!

할아버지, 할머니, 엄마, 이모, 삼촌, 한결이, 친구들,
은율이, 소율이 다 데리고 와서
이 나라에서 유명하다는 소시지도 먹고
라인 강, 로렐라이도 보면

얼마나 좋을까, 생각했어요.

오늘은 내 생일.
19년 전 내가 태어난 그날은
할아버지의 생신이기도 했다지요.
할아버지 너무 보고 싶어요.

생일은 조금 특별한 날이라지요.
특별한 날이라서
내가 가장 사랑하는 사람들에게 둘러싸이고 싶은 날.

이제 식구들 옆에 있고 싶어서
수경 이모 떠나서 왔어요.
다른 말은 못해도 이 말만은 꼭 하려구요.

'저 정슬인데요, 잘 키워주셔서 감사합니다.'

이 말은 아무리 제가 먼 길을 떠나도
언제나 되돌아와서 들려주고 싶은 말,
이 말은 아무리 제가 돌아오지 못해도
종이배에라도 실어서 들려주고 싶은 말.

할아버지!

할머니!
이모! 삼촌! 사촌들아!
엄마!
한결아, 그리고 내 친구들아!

살고 싶었어요.
살아서
수경 이모가 살고 있는 독일이라는 곳에 가서
구경도 하고
프랑스, 미국, 브라질, 이스탄불, 북극,
히말라야, 네팔, 우주선을 타고 먼 먼 곳까지
다 다 가보고 싶었어요.

네일숍에 가서 손톱도 다듬고
파마에다 쌍꺼풀도 하고 화장도 조금 하고
스몰 사이즈 바지 입고
이 세계 곳곳에서
늘씬하게 춤추고 싶었어요.
그런 거 다 해보지 못해서
섭섭하긴 하지만
하지만 오늘은 내 생일날.

조금은 차분해져서 차례대로

저를 사랑해주신 분들에게 인사할게요.

우선 이모.
이모 생각 많이 나요.
딸 같은 조카라서 이모는
내가 가서 얼마나 아팠을까요.
은율이, 소율이 데리고 얼마나 힘들까요.
내가 옆에 있었다면 이모를 정말 많이 도와줄 텐데.
그 애들, 내가 얼마나 이뻐한지, 이모도 알지요?
나, 이모 그리고 너희들 다 놔두고 혼자 돌아다녀서
너무 미안해요.
이모, 내 맘, 알지요?

할머니에게.
할머니는 잔소리 담당.
내가 방을 정리하지 않았을 때 얼마나 속상하셨어요?
미안해요.
이제 방, 잘 치울게요.
그게 무슨 소용이람,
할머니는 생각하시겠지요.
정슬이가 없는데 무슨 소용이람.

할머니, 정슬이가 없다니, 무슨 말씀이세요.

저는 할머니 옆에 꼭 붙어 있어요.
우리 같이 소금강에 갔을 때
"지금 안 오면 할머니는 다시 못 와"라고 하셔서
저도 힘내서 끝까지 걸었던 거 기억하세요.
그때처럼, 지금도.
나들이 가실 적 꼭 어디 간다고 말하고 가세요.
나 왔는데 할머니·어디 마실 갔는지 모르면
여기저기 전화할 거예요.
할머니 없음, 집이 다 없는 것 같아요.
제가 준비물 잊어버리면
학교 마당에서 그렇게 절 기다리셨지요.

할아버지에게.
사랑 담당 할아버지.
저, 할아버지 손녀라서 너무 좋았어요.
할아버지가 큰악시라 불러주셔서
조금은 부끄러웠지만 너무 좋았어요.
태어날 때 할아버지와 제 생일이 같은 날이라서 좋았어요.
오늘도 제가 생일 선물 한 그 티셔츠 입으셨어요?
좀 비쌌지만 진짜 비싼 값을 하잖아요.
그렇게 입으시니 진짜 멋지잖아요.
할아버지, 울지 마세요.
할아버지가 울면 저 마음이 너무 아파

그냥 구석에 서 있기만 해요.
저 혼자, 아니잖아요.
증조할아버지 할머니들을, 다 제 옆으로 보내주셨잖아요.
할아버지 우시면 전, 너무나 추워요.

제 새 방에서 딱 한 번만 자보았으면 했어요.
오늘 그 방에서 잘 거예요.
집에 왔으니 마음 놓고 잘 거예요.
할아버지 할머니 곁에서가 아니라 혼자서.
이제 저 어른이에요.

엄마,
저, 길 나설 때 언제나 조바심이셨지요.
저, 아플 때 같이 아프셨지요.
저, 잘 지내요.
엄마가 저를 기억하는 것만으로도 저는 좋아요.
제게 잘해주었는지 아닌지
그런 생각 마세요.
저는 이렇게 잘 지내요.
오늘 생일상에 놓인 국수가 보이네요.
스파게티 한 그릇, 수박 한 통만 있으면 돼요.
불닭볶음면도 좋아요.
치즈도 조금 올려주면 더 맛있지요.

설거지는 내가 할게요.

엄마,
이젠 잘 주무셔야 해요.
뜨개질, 자수 많이 하면 눈이 빨리 나빠진대요.
정슬이 계속 보러 오시려면 눈이 좋아야 하잖아요.
혼자서 절대 울지 마세요.
엄마 혼자 우는 거 보면 저도 같이 울어요.

한결아 친구들아.
우린 잊으면 안 된다.
우리의 아이들은 이렇게 보내면 안 된다.

잊지 말자,
나는 영원한 네 친구, 정슬이야.
사는 게 힘들 때 나를 부르렴.
나, 금방 너희들 곁에 서 있을게.

내가 모든 기념일에 집안을 난장으로 만들며
빼빼로를 만든 거 기억하니?
초콜릿이 묻은 손가락을 입안에 넣으며
웃었던 것도?

나, 너희들 곁에 있을게.
희미한 불빛처럼.

너희들이 힘들면 날 불러주렴.
그리고 이상한 세상에다 말하렴,
목소리를 높여서 세상이 아무 험악해도
말하렴.

'저 정슬인데요, 잘 키워주셔서 감사합니다.'

니네들이 당당하게 말하면 나도 옆에서 말할게.

'저 정슬인데요, 잘키워주셔서 감사합니다.'

그 말 말고는
우리를 사랑한 분들에게
할 수 있는 말은 없을 거야.

손 꼭 잡고
가자.
당당하게.
우리는 잃은 것이 있으니
이제 지켜야 할 것도 있다고 말하자.

당당하게, 슬픔을 삼키며.

내년 생일에도 올게.
아니 언제나 옆에 있을게.
나, 잘 있어. 사랑해.

—그리운 목소리로 정슬이가 말하고, 시인 허수경이 받아 적다.

선 우 진

2학년 6반
6월 10일에 태어났다.

우리들의 시간은 꽃이었어요

아픔 오면 아픔 보내고
서러움 오면 서러움 보내며
나무에게로 가서
들판에게로 가서
또 흘러가는 구름에게로 가서
사랑도 보내야 하는 거냐고
물어보았습니다

캄캄해서,
아무도 보이지 않는 이곳은 어디인지
누가 무엇을
도무지 알 수 없는데
기다릴 수만은 없어서
애써 마음을 일으켜
한 뼘 제 세상에 씨를 뿌렸습니다
막막한 시간 위에 꽃밭을 만들었습니다
그리고 1년이 지났습니다

제 눈물 방울방울 떨어진 곳에
신기하게도 싹이 돋고 잎이 나고
꽃이 피었습니다
그리움 따라 꽃이 피었습니다
어머니라는 꽃, 아버지라는 꽃, 효진이라는 꽃,

선생님이라는 꽃, 친구라는 꽃
울음을 지우고
우리들의 시간이 다 꽃이었다고,

말할 수 없었던 캄캄 시간 동안
폭우처럼 쏟아졌던 암흑
놀람과 분노와 슬픔의 터널에서
어머니를 위해 일어났습니다
그 가운데 저는 다시 피어나고 있었습니다
이제 나무나 들판이나 구름에게 말합니다
사랑은 있어야 할 곳에 함께 있다고,

늦은 밤이나 새벽
아무런 기척도 없는데 현관 센스 등이 반짝
켜지곤 했지요?
어머니, 놀라지 마세요
제가 다니러간 것이에요
애처롭고 간절한 응답이었어요

보이는 것만이 다가 아니라죠
이제 저는 보이지 않게 가고
보이지 않게 차려 놓으신 밥을 먹고
보이지 않게 어머니를 안아요

다시 놓지 않으려 당신을 안아요
그때 센서 등이 반짝, 켜지는 거예요

오늘은 제 생일이지요
이른 아침부터 미역국 끓이시는 어머니가 보여요
그 냄새가 얼마나 그리웠던지
제가 좋아하는 생선도 구우셨군요
어머니의 밥상이 또 하나의 꽃밭이네요
제 몸과 마음이 나온 꽃밭이네요
감사해요

저는 늘 받기만 해서
지난 5월엔 카네이션을 준비했어요
어머니 가슴에 달아드릴 꽃
좋아하시던 진분홍색으로 골랐어요
어머니를 생각하며 종일 설레었지요
혹 어머니 오실까
저도 하루 종일 밖을 서성거렸습니다

아직 그 은혜를 갚아드리지 못했지만
평소처럼 여기서
저보다 더 어려운 아이를 돌보기도 하고
외롭고 슬픈 친구를 위로하면서

더 장한 어머니의 아들이 되려고 해요
5월 8일 그날,
어머니 계신 곳을 향해
제 마음이 수도 없이 산과 강을 넘었습니다

조금만 기다려 주세요
나중에 운전을 배우면 어머니와 효진이를 태우고
달릴 거예요
언젠가 우리가 약속했던 대로 부산엘 갈 거예요
그 길에 어머니 꼭 동행해주세요
어머니의 아들임을 숨차게 느껴보고 싶어요
차창으로 오는 바람결에 어머니 웃음소리를 듣고
어머니 향기를 맡으면
전 어디라도 갈 수가 있을 거예요

햇살 눈부시고 바람 싱그러운 주말엔
축구를 해요
호연과 건우도 한 팀이 되어 뛰어요
우린 여기서도 가족과 같아 외롭지 않아요
운동 후엔 맛있는 햄버거를 먹고 치킨을 먹고
참, 콜라는 조금만 마실게요
이렇게 힘찬 숯처럼 저는 나날이 푸르게 있어요
선생님이 되고도 싶지만 나중에 축구 해설가가 될 거예요

효진에게 멋진 오빠의 모습을 보여주도록
무엇보다 어머니께서 영원히
제 목소리를 들을 수 있도록,

어머니, 몸은 좀 어떠세요?
직장 생활이 힘들지 않으세요?
요즘도 자주 야근하시나요?
뻐근해하던 어깨는 나으셨나요?
제가 돌봐드리지 못하더라도 기운 내세요
언제나 곁엔 저와 효진이가 있어요
부지런하고 성실하신 어머니를 닮아
어딜 가도 저는 인기가 있답니다
여학생들에게 특히 인기가 많아요
이렇게 낳아주셔서
그리고 멋지게 키워주셔서 정말 감사해요
청바지와 셔츠를 입고 뒷모습을 비춰보다가
깜짝 놀랐어요
거울 속에
어머니 모습이 있었기 때문이에요
그렇게라도 어머니는 저와 함께하시는구나
목이 메었어요

사랑이 다시 온다면 무얼 가질래?

누가 묻는다면
저는 서슴없이
어머니를 가진다 말할래요
어머니가 손사래 쳐도 저는
어머니를 가질래요
어머니는 오직 하나 뿐이니까요
애달픈 저의 또다른 목숨이니까요

아픈 마음이 먼저
서러운 가슴이 먼저
나무에게로 가서
들판에게로 가서
또 흘러가는 구름에게로 가서
내 사랑이 어디에 있느냐고 다시 물어봅니다

이제 우리는 보이지 않는 것을 보는 사이
그리운 것은 다 보이지 않는 곳에 있노라고,

그러니 이제 울지 마세요
어머니 안에서 저는 여전히 행복해요
제가 처음 본 세상이 어머니였으니
어머니라는 우주를,
그 눈빛을,

어떻게 제가 잊겠어요
때때로 견딜 수 없이 허전하실 때면
양팔로 가슴을 꼬옥 안아보세요
뭉클 만져지는 또 하나의 체온이 있을 거예요
인연이라서,
우리 떼놓을 수 없는 인연이라서
그곳이 어디라도
저는 이미 어머니인 것을요
이건 아프고 힘겹게 얻은
소중한 사랑이에요
그리하여 영원이에요

사랑해요
나의 애인, 나의 사랑
박순남,
슬픈
보고픈
그리운 그리운 그리운 나의 어머니

—그리운 목소리로 우진이가 말하고, 시인 이규리가 받아 적다.

심
장
영

2학년 7반
7월 7일에 태어났다.

여기 와 있어

엄마, 나는 지금 엄마한테 가고 있어.
잠깐 들렀다 다시 돌아가야 하지만, 괜찮아.
그래도 가는 게 어디야.
엄마는 지금 어디야? 운전하고 있어?

몰랐겠지만 오늘은
엄마 뒷자리에서
엄마 운전하는 뒷모습을 보면서 같이 왔어.
운전하는 엄마 뒤를 오래오래 보았어.
거울로 엄마가 흘깃 뒤를 보면 아닌 것처럼 차창을 올렸어.
바람이 쐬쐬 불었고, 엄마 귓바퀴에 머리칼이 흩날렸어.
내가 목 마사지를 해주었는데, 엄마 모르더라.

내 생일이라서,
내가 여기 왔잖아.
엄마가 데리고 왔잖아.
잘 지내고 있는 거지?
누나들도 보고 싶었어.
다들 보고 싶었어.
이렇게 보니까 좋다.
날마다 생일이면 좋겠네.

나는 요즘 이렇게 지내.

날마다 게임을 해. 근데, 이제 욕은 하지 않아.
담배도 물론 피우지 않지. 세상에 여기도 금연인 거 있지.
고스톱은 가끔 치고, 찜질방은 이틀에 한 번 가려나?
요즘은 텔레비전 보면서 요리 연습을 해. 나중에 엄마 주려고.
심심하면 공부도 하는데, 나 꽤나 잘하는 것 같아.
우리 지혜쌤이 그러는데, 내 IQ가 좋대.
모르긴 몰라도 누나들보단 좋을 거야. 그치?
집안에 이렇게나 IQ가 높은 장남이 없어서 어떻게 해?

아까 보니까 다들 살이 빠진 것 같아.
내가 있어야 치킨 다 먹고서 또 시켜 먹는 건데,
이제 내가 없더라도 한 번에 두 마리씩 오는 거 주문해.
엄마랑 누나들이랑 다 같이 먹어.
그럼 내가 보고 있다가 옆에 슬쩍 와서 같이 먹을게.
생일이 아니어도 치킨 먹을 때면 꼭 올 거야.

사실 바다는 조금 차갑더라.
지금은 다 지나가서 괜찮긴 해.
지난밤에 깔깔 웃으며 같이 놀던 친구들 모두
무서워 울고 있을 때
내가 무턱대고 나서서 괜찮다고, 괜찮을 거라고
노래를 먼저 불렀어.
좋아하는 아이돌 노래,

가사를 우스꽝스럽게 바꾼 노래,
그냥 가사를 아는 노래
앞머리 넘기면서 노래를 부르며 힘껏 괜찮아졌어.

지금 여기는 따뜻하고 동시에 시원해.
타이즈 내복 같은 거 이젠 입지 않아!
그러니 엄마, 누나들도 힘껏
괜찮아지면 좋겠어서,
나 지금 노래 불러.
들려?

시간이 지금보다
더 지나면
훌쩍 지나면
'그렇게 힘들었던 시절도 있었다'
서로 눈을 보면서 서로 이마를 쓰다듬으며
서로 꾹 안아주면서 서로 손등을 겹치며
이야기할 수 있겠지.
사랑한다고 말하고 들을 수 있겠지.

그때쯤 엄마 손은 더 거칠어 있을까.
누나들은 아줌마가 되어 있을까.
무엇이든 좋으니까, 장영이 생각하면서

오래 건강하게 있다 와.
그래야 좋아할 거야.

며칠 전엔 여름이라 해수욕장엘 갔어!
제주도였나봐. 누나들이랑 한 번 온 거 같았어.
거참, 도착하는 데 이토록 오래 걸렸지 뭐야.
여름이라 바다에 몸을 풍덩 담갔어.
얕고 따뜻한 파도가 밀려오고 다시 밀려왔어.
파도를 따라서 올라가고 내려오면서
지입차 뒷자리에서의 진동을 떠올렸어.
도로 턱에서 조심스레 속도를 줄이던 엄마의 발목
어쩐지 시큰거려서 괜히 물장구를 쳤어.
보고 싶어서 그랬나봐.

엄마! 저녁은 잘 챙겨 먹지?
큰누나! 일은 할 만해?
작은누나! 성적은 잘 나왔어?
마블이는 잘 지내?
나는 궁금한 게 많아.
사실 이런 거 꼬치꼬치 캐묻는 거 별로 멋있지는 않은데,
이제 생각이 바뀌었어.
장영이를 멋진 아이로 기억해주니까.
그걸로 된 것 같아.

다음에도
엄마 차 몰래 타고 다시 올게.
그때까지 또 그리고 더 사랑하자.
안녕.

—그리운 목소리로 장영이가 말하고, 시인 서효인이 받아 적다.

안
주
현

2학년 8반
3월 28일에 태어났다.

벚꽃나무 편지

엄마, 봄비가 내리면
우리 주현이가 우는구나 생각하지 마
그건 내가 운동을 좋아해서 흘리는 땀방울
자전거 바퀴 소리를 들어주세요

엄마가 다정하게 주현아 하고 부르면
새로 조립한 자동차 프라모델을
빨리 보여주고 싶잖아
노을 한가운데 걸어둔 우리 식구 사진
멋쩍어하며 괜히 입 맞추게 돼요

엄마, 옷을 항상 깨끗이 입던
나 안주현의 빨래가 줄었다고 슬퍼하지 마
이제 그 빨랫줄에 부쩍 커 있을
우리 주영이 옷을 널어주세요

뚜따, 주영아
네가 소파에 누워 잠들면 형은 마음이 아파
그래서 네 배를 어루만지며
괜찮아, 괜찮아 하고 말하곤 해

형이 네게 해준 말이 생각 안 날 땐
화랑유원지 벚꽃나무 아래 가봐

그리고 가만히 귀기울여봐
수많은 벚꽃들이 다가와 괜찮아, 괜찮아 속삭이며
너를 응원할 거야

환선굴에 놀러가서 힘들다고 투덜거려도
친구와 다투고 마음 상해 있을 때도
내겐 귀엽고 멋진 동생 안주영
화가 나고 힘들면 언제 형한테 말해
나는 언제나 네 편이고 너를 사랑해

아빠, 콜라 고마워요
요새 부쩍 울보가 된 우리 아빠
아빠 우는 거 여기서 다 보여
아빠가 일찍 퇴근해서 끓여준 김치찌개가
엄마가 해준 고추장찌개만큼 그리워요

저는 아직도 해 지는 풍경을 바라보며
함께 조촐하게 먹던 저녁식사와
산과 바다에서 가만히 바라본
우리 아빠 뒷모습을 생각해요
남자끼린 사랑한다고 말하는 거 창피하니까

이모에게 대신 말할게

떠동갑 찰떡궁합 사랑하는 우리 이모!
나 이모 껌딱지 주현이야
함께 호주 여행을 못 간다고 아쉬워하지 마
언젠가 이모와 만난다면 우주여행은 내가 쏠게
그때 내가 준비한 이모송을 들으면
아마 무릎을 탁 칠 거야

나는 여기서 이모가 사준 기타를 치고
로이 형보다 멋진 음악을 꿈꾸며 노래를 해
전 세계에서 모인 친구들에게 공개하려면
많이 연습해야 하니까 꿈에 다녀가는 게 소홀해도
이모가 이해해줘

잠깐만 이모, 아직 촛불을 끄지 마
한 가지 부탁을 들어줘

나는 이모가 우리를 사랑한 만큼
스스로를 더 많이 사랑했으면 좋겠어
그리고 이건 천기누설급 비밀인데
이모가 그랬듯이 많은 이들이 앞으로
이모를 더 사랑하게 될 거예요

안녕 애들아, 많이 기다렸지?

내 생일날 와줘서 진짜 고마워
나는 역시 친구 부자구나!
너희들 덕에 생일 아닌 날에도
생일처럼 행복하다는 거 알아?

촛불을 끄려 동그랗게 입을 모으고 있을
멋지고 예쁜 내 친구들아
너희의 따뜻한 입김을 타고서
어느덧 성큼 봄이 왔네

자전거를 타고 축구를 하고
자동차를 만들고 기타 연주하던 기억
항상 잊지 않을게
못다 한 말은 올봄에 자필로 쓸 거야
다 쓰면 벚꽃나무 우체국에 부치러 갈게
부끄럽지만 한 장 한 장

정성껏 읽어줄래?

—그리운 목소리로 주현이가 말하고, 시인 민구가 받아 적다.

안 중 근

2학년 7반
9월 27일에 태어났다.

아빠 엄마, 저 중근이에요

아빠 엄마!
와, 목소리가 이렇게 나오니 신기하네요. 들리세요?
저예요, 중근이!
나라를 구한 안중근, 듬직한 중근이!
하하, 여기서 친구들은 여전히 절 이렇게 불러요.
뭐, 좀 쑥스럽긴 하지만 제가 좀 듬직한 건 사실이잖아요.

아빠,
물속에서 내내 아빠 목소리 들었어요.
절 위해 걸어둔 두산베어스 유니폼도 봤어요.
"아들아, 보고 싶다!" 바닷가에서 외치는 아빠 목소리,
물속까지 들렸어요. 점점 목이 쉬어가는 아빠 목소리,
얼른 대답하지 못해 미안해요.
실은 할 일이 좀 있었거든요.
엄마,
야구 세트 놓고 바닷가에서 기다리는 엄마도 봤어요.
너무 많이 우셔서 마음 아팠지만,
할 일이 좀 있었어요. 그래서 늦었어요. 이해해주세요.

'21번 안중근' 두산베어스 유니폼!
저 여기서 그거 입고 있어요.
반 친구들이랑 종종 야구를 해요.
유니폼 입은 제 모습 완전 멋진데,

보여드릴 수 있으면 좋을 텐데.

꿈에 한번 갈게요.

어깨는 이제 하나도 안 아프니까, 걱정 안 하셔도 돼요.

전 뭐든 잘 먹으니까 먹는 것 걱정도 뚝!

우리 반 아이들 함께 있어서 외롭지도 않고요.

우린 여전해요. 잘 떠들고 잘 웃고요.

여기까지 오는 과정이 좀 힘들었지만,

우린 이제 모두 괜찮은데,

엄마 아빠들이 너무 힘들어 보여서

그게 오히려 걱정이에요.

아빠 엄마,

여기는 편안해요. 따스하고 평화로워요. 친구들도요.

참, 제가 너무 늦게 올라가서 많이 속상하셨죠?

제가 우리 반에서 제일 늦은 이유, 말씀드려야겠네요.

흐음, 저, 중근이잖아요! 듬직한 중근이.

기다리래서 기다리던 우리 반 친구들

캄캄한 바닷속에 갇혀버린 착한 친구들

우리 반 아이들 다 찾아서 먼저 물 밖으로 내보내고 싶었어요.

그래서 아빠 엄마 목소리 들릴 때마다 더 힘을 냈어요.

난 중근이니까, 듬직한 중근이니까,

외롭게 남게 되는 우리 반 친구들이 없을 때까지

함께 있어주고 싶었어요.

난 키도 크고 떡대도 좋으니까,
지켜주고 싶었어요, 친구들!
제가 빨리 돌아오지 않아 속상하셨겠지만
그래도 나중에 이렇게 전하게 될 거라고 생각하고 있었어요.
이해해주실 거라고.
듬직한 중근이! 칭찬해주세요, 엄마 아빠.
저, 잘했죠?

바닷속 길은 험했지만,
지금 우린 아주 좋아요.
신기한 경험도 많이 했어요.
젤 멋진 경험은요, 정말로 예쁜 꽃길을 걸어왔다는 거예요.
처음 보는 예쁜 꽃송이들이 보슬비처럼 내렸어요.
와, 정말 신기해서 꼭 게임 속에 들어온 것 같았다니까요!
뼈 살리는 꽃, 살 살리는 꽃, 숨 살리는 꽃들이랬어요.
처음엔 잘 몰랐지만
꽃길을 지나면서 꽃송이들이 몸에 닿자
차가웠던 몸이 따뜻해졌어요.
따뜻한 숨도 돌아왔고요.
그때부턴 친구들끼리 이름도 부를 수 있게 되었어요.
우린 서로 이름을 부르고 손에 손을 잡았고요.
꽃길 끝에서 아주 환하고 따뜻한 마을에 닿았어요.
정말 예쁜 마을이에요. 언젠가 꿈에서 한번 보여드릴게요.

우리 학교만한 운동장도 있고요.
따스하고 향기로운 바람이 불고 흰 구름도 떠 있어요.
첨 보는 꽃들이 정말 많고요.
전 아는 꽃 이름이 없지만,
엄마한테 꽃다발 선물해드리고 싶어요!
엄마,
제가 엄마 덕분에 얼마나 행복했는지 아셨으면!
엄마 어깨 마사지 많이 해드릴걸, 하는 후회가 좀 있어요.
재근이 형이랑 지연 누나가 내 몫까지 잘할 테지만,
그렇지, 형? 그치, 누나?
아빠,
저는요, 아빠가 늘 자랑스러웠어요.
식구들 위해 항상 애쓰시는 아빠,
고맙다는 말을 많이 못해드려서 후회가 돼요.
아시죠, 제 마음? 멋진 사나이 중근이 마음!

저는 여기 와서 말이 좀 많아진 것 같아요.
따뜻하고 산들바람이 불어서 그런 것 같기도 하고
거기서 못다 한 말들이 있어서 그런 것 같기도 해요.
과묵한 중근이가 수다쟁이 중근이가 되었다니까요. 하하.
친구들도 비슷해요. 우린 잘 떠들고 같이 노래도 하고
엄마 아빠들 걱정을 하기도 해요.
우리가 이렇게 잘 지내는 모습을

비디오 찍어서 보내드리고 싶은데……
엄마 아빠! 저는 편안하게 잘 있으니까,
이젠 정말 걱정하지 않으셔도 돼요.
엄마 아빠가 기운 내면 좋겠어요.
중근이가 늘 지켜보고 있을 거니까요.
지금 태어나는 애기들, 어린 친구들,
그 애들이 또 이런 일 당하지 않게
세상이 바뀌길 여기서 우리도 함께 기도하고 있어요.
여긴요, 기도가 일이에요. 사랑하니까, 힘내세요!

해도 해도 부족한 말이 있다는 거, 여기 와서 알았어요.
아빠, 사랑해요! 엄마, 사랑해요!
형, 누나, 사랑해! 친구들아, 사랑해!
기억해주시는 모든 분들 고맙습니다!
이제 생일 축하 노래 불러주세요.
아, 쫌 쑥스럽지만, 나라를 구한 안중근,
듬직한 중근이 생일 노래!
여기서 우리 반 아이들도 모두 함께 부르겠대요.
신기해요, 몸은 이렇게 멀리 떨어져 있지만,
거기랑 여기가 이렇게나 가깝다니요!
엄마, 아빠, 형, 누나, 친구들,
손을 모두 꼭 잡고 있는 거랑 똑같아요!
그러니 모두 힘내세요!

사랑하니까, 사랑하니까, 힘내세요!

—그리운 목소리로 중근이가 말하고, 시인 김선우가 받아 적다.

양
온
유

2학년 2반
3월 26일에 태어났다.

온유 소리

엄마가 옹아, 하고 나를 불러도
아빠가 우리 옹이 어디 있니 나를 찾아도
나는 거기 없을 거예요

나는 먼 곳에서 홀로 반짝이는 빛

미안해요

깨알만큼 작은 크기지만
미간을 모으고 눈에 잔뜩 힘을 주면
여기서도 그곳을 볼 수 있어요

내가 학교 가던 그 길
좋아하던 벚꽃나무들 여전한지,
흐드러지게 환한 빛깔로 친구들 등굣길을
지켜주는지
바람에 후드득 얼굴을 떨어뜨려
사랑하는 내 친구들에게 장난 걸기도 하는지

엄마랑 나
좋아하던 비 내리면
이곳에서 나는 비 맞지 않겠지만
혹시 우리 엄마

울면서,
내 생각에 골똘해져 바보같이
비 맞고 걸어가진 않을지
혼자 베란다에 앉아 함께 수다 떨던 우리 옹이,
우리 옹이, 그리워하다
비보다 더 크게 울지는 않을지
나 다 볼 거예요
(그러니까 엄마 씩씩하게, 잘 지내야 해!)

아빠,
더이상 아빠 나가실 때
문 앞에, 아빠 책상 위에
사랑해, 힘내세요! 쪽지 붙일 수 없지만
그래서 조금 서글프지만
이곳에서 나는
무릎에 얼굴을 올리고
목을 길게
옆으로 늘어뜨려
아빠를 볼 거예요
들리지 않을지도 모르지만, 외칠 거예요
(힘내세요 아빠, 난 잘 있어요!)

사랑하는 화평, 사랑, 나엘아

휴우,
이름만 불러도 명치끝이 찡해지는 내 동생들

화평아,
누나가 꿈속에 여섯 번이나 나와 놀랐지?
괜히 마음속을 너무 어지럽혔나
보고 싶어서
보고 싶어서 그랬어
이곳에서 누나는 편하게 잘 지내니까
걱정하지 말고 씩씩하게 지내야 해

맛있는 음식을 만들어주던 우리 셋째, 사랑아
맛있는 음식은 이곳에도 많지만
네가 만들어준 음식들이 언니에겐 최고의 요리였어
고마워 정말, 고마워
언니 없어도 맛있는 것 많이 만들어서
가족들과 행복하게 먹어야 해!

우리 예쁜 막내, 나엘아
언니가 오래오래 곁에서 지켜주고 싶었는데
자라는 거 꼼꼼히 보고 싶었는데
너무 빨리 떠나와서
미안해

인사도 없이,
몰래 사라져서, 미안해
건강하고 행복한 아이로 자라겠다고
약속해주렴

사랑하는 나의 금구모 친구들,
하늘나라 가는 길 외롭지 않게 다녀가주신 많은 분들
노란 리본을 가슴에, 나무에, 온 세상에
달아주신 많은 분들 마지막 인사,
고마웠어요

저는 잘 있어요
잘 웃고 잘 울고, 그리워하며

엄마 아빠 두고 떠나온 친구들이
이곳에서 가끔, 아기처럼 울 때
피아노 치고 노래 불러주면서
씩씩하게 잘 지내요

알아요
가끔 엄마가, 또 아빠가
어쩔 수 없어 안타까워하는 거
옹아, 살 수 있었는데

갑판 위까지 올라와놓고서는
왜 다시 그 속으로 들어갔니,
탄식하는 소리

그러나 어떡해요
내가 살고 싶은 것처럼
내가 가족들 곁으로 돌아가고 싶은 것처럼

똑같이,

친구들도 그 마음으로 배 속에서 울고 있었는걸요

모르는 척이 더 힘들었어
그게 더 힘들었어요
혼자 살 순 없었어요
미안해요 엄마
미안해요 아빠
그곳에 남아 있는 어른들도
서로 살려주려고
살게 해주려고 애썼으면 좋겠어요

엄마 아빠 딸로 태어나줘서 고맙다는 말
내가 더 고마워요

나는 얼마나 행복한지
사랑을 너무 많이 받아서
나는 사랑으로 배가 부른 온유
엄마 아빠의 옹이

그러니까 씩씩한 우리 엄마,
내가 보고 싶을 때는
노래 불러주세요

"사랑은 언제나 오래 참고
사랑은 언제나 온유하며"

아주 천천히 불러주세요

어느 날, 내가 너무 보고 싶어
머리를 쥐어뜯으며 울고 싶을 때가 있다면
엄마도 아빠도 어린아이처럼
엉엉 울고 싶어지는 때가
혹시 있다면,

흥얼흥얼, 조용한 목소리로 불러주세요
여기서 내가 다 들을게요

조금 울 수도 있겠지만
슬퍼서는 아닐 거야
기뻐서도 아닐 거야

충분해서,
충분해서 울게 될 거야

아빠
나 보고 싶어 뒤척일 수도 있겠지만
노래 불러요
부르고 나면

나 만난 것처럼
나 만진 것처럼
괜찮아질 거예요

생각할 때마다
가슴이 따끔거리는 내 사람들

사랑은 언제나 온유하며,
사랑은 언제나 온유하며,
사랑은 언제나 온유하니까

괜찮을 거야

—그리운 목소리로 온유가 말하고, 시인 박연준이 받아 적다.

오
경
미

2학년 9반
8월 6일에 태어났다.

사랑한다고 말하려고 왔어요

나의 생일에 모여준 친구들, 그리고 이웃분들 안녕하세요!
저는 오경미라고 해요.
그동안 하고 싶었던 말이 있었는데……
제가 좀 이런 거 오글거려서 싫어하거든요. 그래도,
오늘 내 생일이니까. 아꼈던 말 꺼내고 싶어서 왔어요.

특히 울 엄마, 울 아빠, 내동생 윤미야,
너무 사랑해!
가장 먼저 하고 싶은 말이었어요.
내가 평소에 이런 말,
손발이 오징어 될 것 같아서 자주 못했는데. 정말 아쉬워요.
하지만 내가 말 안 했어도 우리 가족들,
내가 너무 사랑하는 거 알죠?

나는 잘 있어요.
여기도…… 바람이 있고, 새도 있고, 나무도 있고,
꽃도 있어요.
나에겐 달라진 게 거의 없는데
나를 사랑하는 가족들이 나를 볼 수 없다는 것만 달라졌네요.
예쁘던 나를 못 봐서, 다들 너무 아쉽고 슬프겠지만,
다 이해해요. 내가 좀 멋있고 예뻤어야지……

엄마!

나를 위해서는 달도 별도 다 따다 줄 것 같은 우리 엄마!
내가 세상에서 제일 사랑하는 우리 엄마!
엄마는 우는 것보다 웃는 게 예쁜 여자인데.
내가 갑자기 떠나서 너무 많이 울었네.
엄마 울 때마다 내가 가서 닦아주고 싶어.
이 더운 날, 탯줄을 목에 감고 있었던 나를 낳느라고
울 엄마 얼마나 고생하셨을까.
게다가 잠은 또 어쩌나 없는 아기였던지……
말똥말똥하다 울고, 또 말똥말똥하다 울고.
여름 애기라 땀띠 날까봐 걱정,
또 에어컨 틀어놓으면 감기라도 걸릴까봐 걱정.
그렇게 애쓰시며 키운 것, 나 다 알아요.
나 어릴 때부터 부정교합 치아 교정한다고
밥을 만날 늦게 먹었잖아.
그래서 새벽 6시에 일어나고
일어나자마자 바로 밥 먹고 그랬잖아요.
밥 오래 먹는 나, 굶고 학교 갈까봐……
매일같이 새벽밥 해주셨던 거,
내가 고맙다고 말한 적 있나? 기억이 안 나.
이제 와 말하지만 정말 너무 고마워요 엄마.
엄마도 나 많이 보고 싶지? 나도 그래 엄마.
그래도 지금 엄마 옆에 윤미가 있잖아요.
나만큼이나 소중한 내 동생 윤미.

나 없는 슬픔이 너무 큰 거 알지만
윤미 커가는 거 보며 견뎌줘 엄마.
우리 엄마 그렇게 약한 여자 아니잖아……
견딜 수 있을 거야. 우리 엄마 킹왕짱! 파이팅!
엄마! 알러뷰 쏘 머치!

윤미야!
언니 없어도 언니 냄새 맡고 싶어서
그 침대에서 아직도 잔다며.
고마워. 윤미야. 그리고 많이 사랑한다.
여기선 자다가 너의 하이킥을 당하고 깰 일이 없더라.
그게 그렇게 아쉬워질 줄은 예전엔 정말 몰랐어.
그래도 언니는 이 세상에서
윤미 같은 동생이 있어서 너무 좋아.
동생이 나를 따르고 좋아해줘서 나는 정말 행복한 언니였지.
내가 저번에 〈은밀하게 위대하게〉 영화 시사회 보고 온 거
기억나니?
그날 배우들이 무대 인사를 왔길래
누구 사진을 찍어둔 게 있어.
(누군지 이름은 말 안 할란다.)
그거 내가 사진 인쇄해서
침대 머리 베개 밑에 넣어둔 걸로 아는데
어디 갔는지 못 찾겠더라. 엄마가 버린 게 아니라면……

혹시 윤미야, 네가 그거 찾으면
미래의 네 형부가 될지도 모를 사람이었으니
버리지 말고 잘 간직해줘. 내가 찍은 남자니깐! 미리 고맙다.
그리고 언니 없는 빈자리 메꾼다고 너무 애쓰지 않아도 돼.
너는 너대로 소중한 너의 자리가 있으니까……
그냥 엄마 아빠 옆에서 너였던 윤미로 있어줘 알겠지?
언니도 할 수 있는 대로 우리 윤미 지켜줄 거야.
윤미야! 언니가 너, 많이많이 사랑해~

아빠!
엄마에게 이어서 윤미 이야기 하느라
아빠를 마지막에 부르네요.
하지만 아빠, 주인공은 늘 나중에 등장한다고
아빠가 그러셨잖아요.
아빠는 우리 가정 지키시느라……
세상 여기저기 더운 나라까지 가서 일하시잖아요.
오늘도 딸래미 생일 챙긴다고
바쁜 일 모두 뒤로 제끼고 오셨죠?
그 덕에 우린 아빠 보러 간다고 여행도 많이 다니고.
저는 그런 아빠가 너무 멋지다고 생각해요.
오래 떨어져 있을 땐 아빠가 많이 보고 싶기도 했지만,
아빠가 너무 멋있어서
나도 아빠 같은 건축가가 되고 싶었어요.

아빠, 경미는 예전처럼 잘 있어요.
여기서도 기타 치고, 스케치북에 그림도 그리고,
같이 온 우리 밴드 〈ADHD〉 친구들이랑,
고운이랑 농담도 하고.
아 참! 고운이네 강아지 곰순이는 잘 있나 궁금해요.
요샌 사료 잘 먹나? 곰순이 그 녀석……
치킨 맛을 알아서 사료 잘 안 먹는다고
고운이가 걱정 많이 했는데.
아빠, 저는 여기서도 노래 자주 불러요.
아빠가 운전하시던 차 안에서 신나게 소리 지르며
〈Tears〉랑 〈낭만고양이〉 부를 때가 제일 신나요.
아빠, 저는 잘 있으니까 너무 걱정 마세요. 그리고
엄마랑, 윤미. 잘 부탁해요.
세상에서 최고로 멋있는 남자, 우리 아빠!
아빠 너무 사랑해요.

아, 까먹을 뻔했다.
마지막으로, 삼촌!
보니깐 삼촌, 너무 많이 울더라.
삼촌 이젠 그만 울고요.
외숙모랑 삼촌 가정 행복하게 꾸려가세요!
경미가 지켜볼 거예요.
삼촌 마음이 여리고 착해서 그런 거…… 외숙모도 다 알아요.

하지만 너무 오래 그러고 있으면 외숙모도 힘들거든요.
삼촌 때문에 배운 〈서른즈음에〉 기타 코드
여기서 잘 써먹어요.
〈서른즈음에〉 같은 청승맞은 노래 안 좋아했는데.
배워놓고 나니까 써먹을 때가 있네요.
생각해보니 삼촌에게도 고맙다는 말 한 번도 안 한 것 같아.
지금이라도 할래요. 삼촌 고마워요!
우리 삼촌 파이팅! 사랑해요!

오늘…… 내 생일 축하해주러 오신 분들 모두, 너무 감사해요.
나는 태어난 것에 대해 후회해본 적 한 번도 없어요. 정말로.
엄마, 아빠! 나를 낳아주셔서 너무 감사합니다!
나를 위해 기도해주시는 분들, 모두……
진짜로 너무 고맙습니다.
사랑합니다!

—그리운 목소리로 경미가 말하고, 시인 유형진이 받아 적다.

173

유
예
은

2학년 3반
10월 15일에 태어났다.

그날 이후

아빠 미안
2킬로그램 조금 넘게, 너무 조그맣게 태어나서 미안
스무 살도 못 되게, 너무 조금 곁에 머물러서 미안
엄마 미안
밤에 학원갈 때 휴대폰 충전 안 해놓고 걱정시켜 미안
이번에 배에서 돌아올 때도 일주일이나 연락 못해서 미안

할머니, 지나간 세월의 눈물을 합한 것보다 더 많은 눈물을
흘리게 해서 미안
할머니랑 함께 부침개를 부치며
나의 삶이 노릇노릇 따듯하고 부드럽게 익어가는 걸 보여주
지 못해서 미안

아빠 엄마 미안
아빠의 지친 머리 위로 비가 눈물처럼 내리게 해서 미안
아빠, 자꾸만 바람이 서글픈 속삭임으로 불게 해서 미안
엄마, 가을의 모든 빛깔이 다 어울리는 우리 엄마에게 검은
셔츠를 계속 입게 해서 미안

엄마, 여기에도 아빠의 넓은 등처럼 나를 업어주는 포근한
구름이 있어
여기에도 친구들이 달아준 리본처럼 구름 사이에서 햇빛이
따듯하게 펄럭이고

여기에도 똑같이 주홍 해가 저물어
엄마 아빠가 기억의 두 기둥 사이에 매달아놓은 해먹이 있어
그 해먹에 누워 또 한숨을 자고 나면
여전히 나는 볼이 통통하고 얌전한 귀 뒤로 머리카락을 쓸어
넘기는 아이
제일 큰 슬픔의 대가족들 사이에서도 힘을 내는 씩씩한 엄마
아빠의 아이

아빠, 여기에는 친구들도 있어
이렇게 말해주는 친구들도 있어
"쌍꺼풀 없이 고요하게 둥그레지는 눈매가 넌 참 예뻐"
"너는 어쩌면 그리 목소리가 곱니,
어쩌면 생머리가 물 위의 별빛처럼 그리 빛나니"

아빠! 엄마! 벚꽃 지는 벤치에 앉아 내가 친구들과 부르던 노
래 기억나?
나는 기타를 잘 치는 소년과 노래를 잘 부르는 소녀들과 있어
음악을 만지는 것처럼 부드러운 털을 가진 고양이들과 있어
내가 좋아하는 엄마의 밤길 마중과 내 분홍색 손거울과 함
께 있어
거울에 담긴 열일곱 살, 맑은 내 얼굴과 함께, 여기 사이좋
게 있어

아빠, 내가 애들과 노느라 꿈속에 자주 못가도 슬퍼하지 마
아빠, 새벽 세시에 안 자고 일어나 내 사진 자꾸 보지 마
아빠, 내가 여기 친구들이 더 좋아져도 삐치지 마

엄마, 아빠 삐치면 나 대신 꼭 안아줘
하은 언니, 엄마 슬퍼하면 나 대신 꼭 안아줘
성은아, 언니 슬퍼하면 네가 좋아하는 레모네이드를 타줘
지은아, 성은이가 슬퍼하면 나 대신 노래 불러줘
아빠, 지은이가 슬퍼하면 나 대신 두둥실 업어줘
이모, 엄마 아빠의 지친 어깨를 꼭 감싸줘
친구들아, 우리 가족의 눈물을 닦아줘

나의 쌍둥이 하은 언니 고마워
나와 함께 손잡고 세상에 와줘서 정말 고마워
나는 여기서, 언니는 거기서 엄마 아빠 동생들을 지키자
나는 언니가 행복한 시간만큼 똑같이 행복하고
나는 언니가 사랑받는 시간만큼 똑같이 사랑받게 될 거야,
그니까 언니 알지?

아빠 아빠
나는 슬픔의 큰 홍수 뒤에 뜨는 무지개 같은 아이
하늘에서 제일 멋진 이름을 가진 아이로 만들어줘 고마워
엄마 엄마

내가 부르고 싶은 노래들 중 가장 맑은 노래
진실을 밝히는 노래를 함께 불러줘 고마워

엄마 아빠, 그날 이후에도 더 많이 사랑해줘 고마워
엄마 아빠, 아프게 사랑해줘 고마워
엄마 아빠, 나를 위해 걷고, 나를 위해 굶고, 나를 위해 외치
고 싸우고
나는 세상에서 가장 성실하고 정직한 엄마 아빠로 살려는 두
사람의 아이 예은이야
나는 그날 이후에도 영원히 사랑받는 아이, 우리 모두의 예
은이
오늘은 나의 생일이야

—그리운 목소리로 예은이가 말하고, 시인 진은영이 받아 적다.

이
건
계

2학년 6반
3월 9일에 태어났다.

— 녹색 편지

— 집 앞에 있는 산수유나무에 노란 꽃망울이 맺혔네요.

산수유 빨간 열매는 추운 겨울을 견디느라 얼마나 힘들었을까요.

산수유 나뭇가지에 앉았다 날아가는 참새들 목소리가 더 커졌네요.

꽃샘추위가 지나가면 봄은 더 가까이 오고 하늘은 더 파래질 거예요.

계단을 걸어서 506호 우리집에 가보았어요.

엄마 사랑하는 우리 엄마 부엌에 계시네요.

작년보다 등이 조금 더 굽어 보이네요.

만지고 싶은 엄마 등. 얼굴을 기대면 볼 전체가 따뜻해지는 엄마 등이 보이네요.

아빠, 거실에 계시네요. 믿음직한 우리 아빠. 나를 정직하게 하는 아빠. 든든한 아빠 거기 계시네요.

내 방은 누나 방이 되었네요. 더 깔끔해졌네요.

내 옷은 그대로 걸려 있고 옷 위에 파란색 보자기 덮여 있고, 내 사진도 그대로 있고, 수학1의 정석 옆에 『눈먼 자들의 국가』라는 책이 있네요. 누나가 읽고 있나보죠.

누나와 내게 방을 주시고 거실에서 지내시던 엄마 아빠.

아빠 방이 새로 생기고…… 내 침대는 아빠 방으로 갔군요.

하늘색 코뿔소 인형은 거기 있군요. 여자친구와 인형 뽑기를 해서 뽑은 인형. 동글동글하고 큰 눈은 아직도 두리번거리며 나를 기다리고 있네요.

아빠가 앉아 있는 거실에 못 보던 책이 있네요.

『금요일엔 돌아오렴』

그래요. 우리가 돌아와야 할 날이 금요일이었지요.

아무래도 내 영혼은 누나 방에서 잠시 쉬어가야겠어요.

보고 싶은 누나. 애인 같은 누나.

누나가 여섯 살, 내가 세 살 때였던가요?

자다 깨보니 엄마 아빠가 없어서 내가 막 울었더니 누나가 우는 나를 꼭 끌어안고 앉아 달랬었지요. 엄마 아빠가 올 때까지 그 길고 무서운 시간 동안 누나는 눈물을 꾹 참고 나를 다독였지요. 여섯 살 누나도 무서웠을 텐데.

아빠가 문을 열고 들어서자 그때 비로소 울기 시작한 착한 우리 누나.

그때처럼 누나가 아직도 무서워 떨고 있는 내 영혼을 꼭 안아주면 좋겠어요.

누나. 보고 싶은 누나.

누나가 저번에 나한테 "왜 안 와?" 하고 물었지요.

나는 그때 대답을 못했어요. 어떻게 대답을 해야 좋을지 몰라서요.

나라고 왜 누나에게 가고 싶지 않겠어요.

나라고 왜 아빠 엄마에게 가고 싶지 않겠어요.

아빠가 밤마다 나를 찾아다니시는데, 엄마가 꿈속에서 어린 나를 찾아 산속을 헤매시는데 왜 나는 걱정이 안 되겠어요.

가난했지만 이 세상에서 우리 네 식구가 가장 정다웠잖아요.

아빠는 누나를, 엄마는 나를,

우리는 우리를, 얼마나 사랑했었는지 우리가 제일 잘 알잖아요.

누나한테 달려가 옷 사달라고 조르고 싶어요.

누나 아르바이트하던 뉴코아 앞 레스토랑 근처에 가서 맛있는 거 사달라고 매달리고 싶어요.

엄마한테 고소한 커피 한 잔 타드리고 싶고요.

아빠 티셔츠 꺼내 입고 집 앞 예츠 피자에 피자 주문한 거 찾으러 달려가고 싶어요.

엄마 팔 베고 누워 있고 싶어요.

엄마 무릎에 누워 귀지 파달라고 하고 싶어요.

사고가 난 뒤 멀미를 심하게 하던 아빠가 바지선 근처까지 오시고, 엄마가 "건계야! 빨리 와" 하고 내 이름을 부를 때 파도가 실어다주는 엄마 목소리를 들었어요.

집에 가서 청소하고 오면 애들이 바다에서 올라온다는 말을 듣고 엄마와 누나가 안산으로 가려고 버스를 타려다 못 타게 되었을 때 다행이라 여겼어요.

"우리가 안 보이면 어릴 때처럼 쫓아올 거야" 하고 누나가 엄마에게 하는 말을 들었어요.

내가 마지막으로 내 몸을 솟구쳐올린 것도 그때였어요.

지금 아니면 영영 엄마와 누나를 볼 수 없을지 모른다는 생각이 내 몸을 들어올렸지요.

그때처럼 엄마와 누나 있는 곳으로 달려가고 싶어요, 내 영혼은.

수학여행을 떠나던 날 밤 12시 41분에 "자냐 아들?" 하고 문자를 보냈을 때 답장을 못한 게 아직도 제일 마음에 걸려요.

4월이 가고 여름, 가을, 겨울이 지나고 다시 봄이 오는데 엄마에게 답장을 보낼 수 없어 죄송해요.

사진을 많이 찍어오기로 했는데. 한라봉을 사오겠다고 했는데. 그 약속을 지키지 못해서 미안해요.

녹색 모자를 쓰고 사진을 찍어 보내드리고 싶었는데……

녹색.

내가 좋아하던 녹색은 그만 검푸른 바닷물에 녹아 없어지고 말았어요.

휴대폰에 남겨진 엄마의 문자.

"잘 놀다가 와. 뜻깊은 제주 여행 되길. 사랑해 아들 많이많이 사랑해."

이게 제가 엄마한테 받은 마지막 사랑의 편지가 되고 말았네요.

저를 많이많이 사랑한 엄마. 늘 이렇게 나를 사랑한 엄마.

나도 정말 엄마를 사랑해요.

옛날처럼 엄마 입에 뽀뽀하고 싶어요.

엄마를 사랑하는 내 마음을 입맞춤에 담아 보내드리고 싶어요.

누나가 스물두 살.

나는 올해도 열여덟 살.

올해가 가면 누나와는 다섯 살 차이가 나는 건가요.

해가 갈수록 누나와 나이 차가 더 벌어지는 게 두려워요.

누나와 내가 만날 때는 항상 세 살 차이의 누나로 있어주면 좋겠어요.

그 약속을 누나가 해주면 좋겠어요.

아빠.

내가 세상에 태어날 때 심장기형이라 100일이나 병원 생활을 하며 생사의 경계를 넘나들 때 아빠가 아니었으면 나는 열여덟 해를 살지 못했을 거예요.

그때 갓 낳은 나를 안고 아빠가 불러주시던 노래들 영원히 기억할게요.

"나비야 나비야 이리 날아오너라. 노랑나비 흰나비 이리 날아오너라."

그 노래 들으며 내 귓속에 들어오던 노랑나비 같은 숨결.

흰나비 같은 생명의 맥박을 영원히 간직할게요.

"기찻길 옆 오막살이 아기 아기 잘도 잔다" 하고 불러주시던 노래.

그때처럼 아빠가 노래를 불러주시면, 아빠의 노래 곁에 숙면 하는 영혼으로 있을게요.

엄마가 빨래를 개면서 사는 게 힘들어 우실 때
"엄마 소리 내어 크게 우세요"라고 말했던 거 기억나세요?
엄마 힘들면 소리 내어 크게 우세요.
엄마 나도 소리 내어 크게 울고 싶어요.
엄마, 아빠, 누나와 떨어져 혼자 있는데 어떻게 울지 않고 견딜 수 있어요.
나 혼자 많이 힘들었어요.

그래서 장환이 손 꼭 잡고 있어요.
장환이가 내 옆에 있고 내가 장환이 옆에 있어서 다행이에요.
지난번에 경호가 너무 슬프게 우는 걸 보았어요.
장환이, 경호, 나 우리는 단짝이었어요.
지난번에 경호 꿈에 들어가 오늘은 꼭 나가야겠다고 미리 말해주길 잘했어요.
미술학원에서 만난 친구들 모두모두 보고 싶어요.
그 애들과 그림도 더 그리고 재미있게 지내고 싶었어요.
그림을 그리는 시간이 나는 참 좋았어요.
마음껏 상상하고 표현하고 푸른 하늘 가득 내 꿈을 그려넣고 싶었어요.
두 손으로 녹색 도시를 떠받치고 있는 그림을 그렸었지요.

내가 좋아 하는 녹색으로 내 나머지 생을 칠하고 싶어 이곳에서도 계속 그림을 그릴까 해요.

하늘의 화폭에 가족사진을 그려놓고 바람으로 지우고 다시 그리고, 구름에 색깔을 입혀 데칼코마니도 하고 콜라주도 하고 싶어요.

4월에는 뒷산으로 세밀화를 그려서 보낼게요.

봄에는 동네 등나무에 색칠을 하고, 가을에는 아파트 입구 은행나무 잎에 황금색을 반짝반짝 칠할게요.

봄 4월. 어린잎에 연둣빛이 은은히 감돌면 제가 다녀간 줄 아세요.

느티나무 잎이 붉게 물들어 빛깔 고우면 제가 색칠을 하고 있는 줄 아세요.

까치집 둥지에도 가만히 앉았다 가고, 우듬지 끝을 흔드는 바람에 섞여 다녀가기도 할게요.

누나가 나 대신 엄마에게 얼마나 자주 전화하는지 볼게요.

가만히 있다 눈물을 주르르 흘리곤 하는 아빠를 누나가 얼마나 자주 안아드리는지 볼게요.

엄마와 아빠가 서로를 얼마나 위로하고 사랑하는지 창문으로 들여다보곤 할게요. 내가 좋아하는 녹색 양말을 신고 녹색 모자를 쓰고 가만히 왔다가곤 할게요.

아, 그리고 무엇보다 살을 뺄게요. 엄마가 계속 걱정할까봐 안 되겠어요.

그리고 내년쯤엔 아빠와 마주앉아 아빠가 주시는 술 한잔 마시고 싶었는데 그게 가능했으면 좋겠어요.

보고 싶은 누나!
누나 방으로 쪼르르 달려가 내 고민을 꺼내놓으면 언제나 답을 말해주던 내 인생의 멘토 이지연!
누나가 시인이 되는 걸 보고 싶어요.
누나가 아름답게 사는 걸 보고 싶어요.
그러면 내 영혼은 자주 누나의 방을 두드릴게요.
엄마와 아빠와 누나와 친구들이 나를 기억해주는 동안 나는 아직 살아 있는 거예요.
기억하는 게 사랑하는 거예요.
기억하는 게 나를 살아 있게 하는 거예요.
그러면 나도 바람으로 다가가고 별빛으로 반짝이며 있을게요.
엄마가 제 가슴에 새겨준 문자처럼 사랑해요 많이많이 사랑해요.
내가 드릴 수 있는 마지막 말
엄마, 아빠, 누나 사랑해요.

—그리운 목소리로 건계가 말하고, 시인 도종환이 받아 적다.

이

단

비

2학년 10반
4월 26일에 태어났다.

단비

지금도 생각해요
엄마랑 나란히 누워 속닥거리던 밤들
우리집, 내 방, 홀로 아빠는 잘 주무시고 계실까
내일 먹을 급식, 지현이 뒤척이는 소리,
누가 틀어놓은 음악일까
희미한 듯 케이윌과 휘성의 노래
어느덧 창문을 스치고 지나가는 바람 소리
내가 없는 빈자리
그 자리를 둘러싸고 앉아 있는

사랑하는 나의 사람들

저는 잘 있어요
물이 오른 4월, 연둣빛 나무 벤치에서
친구들과 깔깔거리는 중이지만
작은 잎이 웅덩이에 떨어지면
문득 거기 돌아앉은 아빠의 야윈 등
아빠, 나 때문에 아프구나
내가 난생처음 말도 없이 나갔다가 돌아온 다음날
회초리 대신 갈빗집으로 외식을 나갔던 날
아빠의 담담한 손이 내 마음을 어루만져주었잖아
그게 우리 아빠
자주 볼 수 없어서 늘 보고 싶었던 아빠

아빠가 가자는 곳은 어디든 같이 가고 싶었어
내가 떠나오기 전
선글라스를 사주지 못했던 게 기억나
스파게티도 만들어주고 싶었는데
이제는 등 돌린 채 술잔을 드는 아빠
그런 아빠의 등을 안고 있는 내가
느껴져요?
아빠가 토해내지 못한
꾹꾹 참는 그 울음소리가
내 심장을 울려

사랑하는 나의 사람들

여긴 4월의 빛나는 숲속이에요
햇살이 투명하게 부서지고
발밑에 뒹구는 열매를 먹어서
배도 고프지 않아요
그렇지만
친구들이 팔짱을 껴올 때마다 떠오르는
엄마
엄마가 마트에 갈 때마다
왼편에는 늘 내가 있었잖아
그 자리에 내가 없어서

—

문득문득 걸음을 멈춰 서는 엄마
내가 여행 가던 날
묵은 먼지를 털어낸다고 쓰레기통을 비우고
옷도 빨았다가 그만
내가 영영 지워졌다고
소리도 못 내고 고개를 숙였던 엄마
하지만 걱정 말아요
나는 4월의 빛나는 숲에 있지만
늘 엄마 곁에 있어서
이렇게 엄마의 눈물을 닦아줄 수 있어요
엄마의 머리칼, 향기, 보드라운 팔의 감촉
비밀을 나눴던 엄마와 나의 밤들
사람들아, 기나긴 이야기들이 흘러나오고 있어요
웃어주던 엄마의 목소리를 잊지 않을 거야
여기 친구들이랑 모아둔 웃음소리를 우리집에 보낼게요
엄마가 그 속에서
물건을 사고, 길을 걷고, 뜨개질을 하고
양치질을 하고, 김치찌개를 끓이고, 거울을 보고
다시 화장을 하고, 버스를 기다리고
주말에는 아빠가 오기를 기다리고, 책을 읽고
우리 식구 다 같이 식탁에 둘러앉아
서로를 바라보기를
그러면 나는 가족들 몰래

—

그 자리에 찾아가
하나하나 눈을 맞추며 손을 잡아줄게요

사랑하는 나의 사람들

한 사람씩 이름을 불러봅니다
입술을 모을 때마다 새들이 날아올 것 같아요
그 속에는 나의 동생 지현이도 있어서
깃털을 쓰다듬어주고 있어요
늘 언니가 더 많은 사랑을 받는 것 같아서
서운했지?
이젠 내가 사랑을 돌려줄게
언니는 응급구조사가 되어서
사람들을 구하고 싶었지만
이젠 그럴 수가 없게 되었지만
네가 힘들 때,
그럴 때는 내 이름을 불러주겠니?
그러면 나는 앰뷸런스를 타고
제일 먼저 너한테로 달려가서
이렇게 푸른 나무랑 곧 피어날 꽃들이랑
환하게 꺼내어 너에게 보여줄게
세상에서 제일 큰 4월의 꽃다발을 너에게 줄게
네가 둥실 떠오르도록

너에게 내 사랑을 보여줄게

사랑하는 나의 사람들

사랑하는 나의 사람들

이상하죠
안경을 벗었는데도
모든 게 너무 잘 보여요
이젠 무섭지도 않고 춥지도 않아요
숲이 무성해지고
공기가 따뜻해지면
그러다가 문득 단비가 내리면
제가 잘 있는 거라고
친구들과 깔깔거리며 웃고 있는 거라고
기억해주세요
하늘은 곧
맑게 개일 거랍니다

—그리운 목소리로 단비가 말하고, 시인 박상수가 받아 적다.

이
영
만

2학년 6반
2월 19일에 태어났다.

곧 봄날입니다

엄마, 나는 멀리에 있어요.
아빠, 돌아갈 수 없는 먼 곳에 있어서 미안해요.
하지만 걱정하지 마세요.

이곳은 생각보다 어둡지 않습니다.
요즘 내가 하는 일은 매일매일 제일 먼저 태양을 만나는 일
이에요.
태양이 떠오르기 시작하면
그때부터는 내가 제일 좋아하는 파란색의 세상이 펼쳐집니다.
이곳에서도 나의 꿈은 깊숙한 곳까지 파랗게 반사되어 하루
종일 일렁입니다.
가슴이 뛰는 걸 막을 길이 없어, 그 김에 더 달리다가 돌아오
곤 합니다.

내 꿈은 요리사가 되는 거예요.
내가 만든 요리로 세상 사람들에게 행복이 무엇인가를 알려
줄 거예요.
배고파도 조금만 힘을 내세요.
마음만큼은 누구보다도 부자니까 제가 곧 행복하게 해줄게요.

엄마, 아빠. 내 목소리 잘 들리죠?
나 지금 엄마가 보내준 아디다스 추리닝 입고 있어요.
아빠가 보내준 나이키 양말도 신고 있구요.

내가 엄마를 많이 닮은 건
엄마가 나를 사랑하는 것보다
내가 엄마를 더 사랑하기 때문입니다.

내가 엄마보다 아빠를 조금 덜 닮은 건
나에게 자랑스러운 아빠를 닮아야 할 숙제가 아직 남아서랍니다.

그리고 형, 형은 언제나 내가 되고 싶어하는 사람으로 살고 있고,
내가 간절히 가고 싶은 길을 씩씩하게 가는 사람이야.
나는 형만 생각하면 힘이 솟고 기운이 나.
형은 형이 원하는 모든 걸 이룰 수 있는 사람.

그리고 모든 친구들.
서러운 일, 힘든 일, 답답한 일 있을 때는 내가 같이 달릴 거야.
뒤처질 때나 포기하고 싶을 때도 내가 함께 달릴게.
무엇보다 중심을 잃지 않는 어른이 돼야 해.
모두가 중심을 잃으면 모두가 울 일밖에는 없다는 걸 알았으니까.

무엇보다도 나의 생일을 기억해주어서 고맙습니다.

나의 생일에 혼자가 아니게 해주어 고맙습니다.

나는 태어날 때 무척이나 아팠지만 그 일도 지나고 보면 아무 일도 아니었습니다.

그리고 지금 내가 두고 온 것들을 생각하면 이 일도 아무것도 아니라고 생각합니다.

거기에 두고 온 것이 이제야 크게 보입니다.

제가 기억하기엔 너무 크고, 값지고, 너무 아름다워서

저는 아직까지도 가슴이 벅차니까요.

나를 오래 지켜봐줄 가족과 많은 사람들의 따뜻한 눈빛들이 있으니

나는 성장을 멈추지 않겠습니다.

그러니 나 때문에 불편해하지 마세요.

조금만 있으면 곧 봄날입니다.

우리 모두가 일어설 봄날이 옵니다.

그리고 나는 아주아주 괜찮습니다.

—그리운 목소리로 영만이가 말하고, 시인 이병률이 받아 적다.

이
지
민

2학년 3반
6월 6일에 태어났다.

끝끝내 한 조각

엄마, 나는 꿈을 꾸고 있어요
여기는 꿈꾸기 좋은 곳이에요

아빠, 나는 꿈을 꾸고 있어요
꿈을 꾸면서 환히 웃고 있어요

어젯밤에는 엄마의 목소리가 들렸어요
사랑해 우리 쩌야
눈물이 났지만 참았어요
나도 사랑한다고 말해야 하니까
사랑해 우리 엄마
씩씩하게 말해야 하니까
엄마 말마따나
그래서 우리는 엄마와 딸이니까

엄마, 나는 여기서도 엄마를 생각해요
엄마한테 뭐라도 주고 싶었어요
늘 받기만 했으니까요
내가 엄마밖에 모른다는 것을
엄마는, 누구보다도 더 잘 알지요
엄마니까
엄마 말마따나
그래서 우리는 엄마와 딸이니까

엄마가 있어 든든했어요
나도 엄마에게 든든한 사람이 되고 싶었어요
매일 아침 눈뜨면
더 단단해져야겠다고 마음먹었어요
엄마에게도 기댈 수 있는 자리가 필요하니까요

엄마한테는 늘
하고 싶은 말이 많았어요
해주고 싶은 일이 많았어요
엄마니까
다름아닌 우리 엄마니까

엄마, 내가 공장에 가서 아르바이트를 했잖아요
엄마는 공부 열심히 하고
내 꿈을 찾아가는 게
엄마 아빠를 생각하는 일이라고 했지만요
엄마는 몰랐겠지만,
나는 그 시간에도 틈나는 대로 꿈을 꿨어요
공장의 반장 아줌마가 휴대폰은 들여다보지 말라고 했지만
나는 내 마음속을 가만히 들여다본 거예요
공장의 반장 아줌마가 잡담하지 말라고 했지만
나는 내 마음과 줄곧 이야기를 나눈 거예요

나는 무엇이 될 수 있을까
나는 어떤 일을 해야 가장 나다울까
화장품 샘플 뚜껑을 닫으며 생각했어요
내가 원하는 나 자신에 조금씩 가까워지고 있었어요

엄마, 그리고 아빠
나는 손재주가 좋았지만
달리기도 잘했어요
군인이 되고 싶었다가도
어느 날에는 배우가 되고 싶기도 했어요
내내 흔들렸어요
내내 나부꼈어요
다시 유도를 하면 괜찮아질까
친구들처럼 뮤지컬 학원에 다녀볼까
마음이 바빴어요
연애를 바라고
좋아하는 연예인 생각에 잠시 흔들리기도 했지만
꿈을 찾기 위한 마음만은 늘 분주했어요
열여덟은 그런 나이 아니겠어요

엄마, 그리고 아빠
나는 꿈을 꾸고 있어요
여기서도 꿈에 대해 생각할 거예요

결코 꿈꾸기를 포기하지 않을 거예요
고민할 거예요
내 꿈을 찾아갈 거예요
그러니 걱정하지 말아요

엄마, 내가 하얀 빨랫감은 손빨래했던 거 기억하죠?
엄마 말마따나
하얀 것은 하얗게 빨아야 하니까요
나는 그 마음으로 여기서 구름을 만들어요
엄마가 다니는 곳마다 구름을 띄울 거예요
하트 모양의 구름은 평소의 지민이 마음이에요
꽈배기 모양의 구름은 토라진 지민이 마음이에요
길 가다 유난히 하얀 구름을 발견한다면
빨래가 끝났다는 신호니 흐뭇하게 웃어주세요

여름이라 아빠가 더워하시면
큼지막한 구름을 만들어 해를 가려줄 거예요
언니나 동생이 빗소리를 듣고 싶어하면
빨랫감을 쥐어짜듯 보슬비를 뿌려줄 거예요

엄마, 나는 여기서도 선생님과 친구들의 이야기를 들어줘요
남들 앞에서는 미처 하지 못했던 말들이, 고민들이
내 앞에 수북이 쌓여요

아, 선생님도 자주 우시는구나
아, 이 친구는 그동안 이렇게 힘들었구나
아, 저 친구는 항상 웃는 모습과는 달리 걱정이 많았구나
나는 마음 다해 옆에 있어줘요
옆에 있어주는 게 우리 사이를 단단하게 만들어줘요
나를 단단하게 만들어줘요
그래서 나는 매일 조금 더 든든한 사람이 돼요
주변을 둘러보는 사람이 돼요
사람을 이해하는 사람이 돼요
사람을 사랑하는 사람이 돼요

내가 사진 찍을 때마다
수줍게 브이(V) 자를 그린 거 알고 있어요?
집게손가락을 펼치며 엄마,
가운뎃손가락을 펼치며 아빠를 생각했어요
손바닥을 쫙 펼치면
엄마, 아빠, 현민 언니, 정민이
그리고 나
우리 가족이 다 있네요
손바닥을 펼칠 때마다 새삼 느껴요
우리는 하나라는 것을요
결코 떨어질 수 없다는 것을요

엄마, 내가 웃는 모습이 예쁘다고 했죠?
엄마도 웃는 모습이 예뻐요
아빠도 언니도 동생도
웃는 모습이 제일 예뻐요
나만 예뻐지지 않게
엄마도 아빠도
언니도 동생도
틈나는 대로 많이 웃어야 해요

엄마가 집에 있으면 기분이 너무 좋았어요
엄마가 웃으면 기분이 너무 좋았어요
그러니 웃어야 해요
엄마가 집에 있으면
엄마가 집에서 웃고 있으면
뒤로 가서 몰래
엄마를 꽉 끌어안아줄 거예요

엄마, 오늘도 나는 엄마를 이만큼 사랑해요

출출할 때면 동그란 구름을 만들고
엄마가 해준 핫케이크라고 생각할 거예요
입맛을 다시며 경쾌하게 말할 거예요
잘 먹었수~

비행기가 지나가
내가 만든 구름 옆에 또다른 흔적을 남기면
아빠가 들려주는 얘기라고 생각할 거예요
길을 가다 문득 아빠가 하늘을 올려다보면
아빠와 함께 보던 영화를 떠올릴 거예요
그리고 아빠가 하늘을 올려다보는 한,
영화는 결코 끝나지 않을 거예요

현민 언니, 나를 귀여워해줘서 고마워
나를 많이 안아줘서 고마워
언니가 귀엽다며 내 볼을 잡아당길 때마다
가끔 싫은 티를 내기도 했지만
실은 너무너무 좋았어
내가 아직 언니의 귀여운 동생이란 사실이 행복했어
하나만 약속해줄 수 있어?
나중에 언니가 돈 벌면
엄마 아빠 모시고 스위스로 여행 가줄 수 있어?
원래 내가 하려고 했던 일인데
내가 지금 여기 있잖아
열심히 구름 만드는 일을 하고 있잖아

정민아, 언니가 더 잘해주지 못해서 미안해

언니는 엄마한테 까칠한 네가 가끔 미웠어
사춘기인 거 잘 알면서도
엄마가 너만 위하는 것 같아
나도 모르게 가끔 울컥하게 되더라
내가 네 꿈에 나왔잖아
발목이 아프다고 했었잖아
이제 언니의 발목은 괜찮아
앞으로는 언니 발목 떠올리며
엄마 다리 주물러드렸으면 좋겠다
네 꿈속으로 종종 놀러갈게
평소에 많이 못 놀았던 거 생각하며 실컷 놀자

마지막으로 우리 가족,
내가 『원피스One Piece』 좋아했던 거 기억하죠?
모험 만화 말예요
내가 사랑했던 캐릭터 기억해요? 에이스라고
나는 지금 에이스와 함께 있어요
에이스는 더이상 모험을 하지 못하게 됐지만
루피를 비롯한 밀짚모자 해적단의 모험은 계속될 거예요
그리고 원피스의 연재가 아직 끝나지 않았듯
나의 모험도 아직 끝나지 않았어요
나의 사랑도 아직 끝나지 않았어요

가족을 향한 모험에
가족을 향한 사랑에
끝이 어디 있겠어요

원피스라는 말처럼
엄마의 가슴에
아빠의 가슴에
언니의 가슴에
동생의 가슴에
든든한 한 조각으로 남아 있을 거예요
끝끝내 한 조각으로 남아 있을 거예요

그러니 사랑하는 우리 가족,
웃어야 해요
틈나는 대로 많이 웃어야 해요
나는 여기서 잘 지내니까
우리 가족은 거기서 잘 지내야 해요
손바닥을 쫙 펴봐요
다섯 개의 손가락을 한번 봐요
우리는 이렇게 연결되어 있어요
우리는 내내 가족이니까
우리는 끝끝내 가족이니까
우리는 마침내 하나일 거니까

엄마, 참 나한테 온 택배 있죠?
그거 이제 뜯어봐도 돼요
내가 읽고 싶어하던 책이 들어 있을 거예요
매일 밤 자기 전에 한 문장씩 내게 읽어주세요
여기서 귀기울이며 엄마의 목소리를 들을게요
크게 안 읽어도 다 들려요, 엄마
엄마니까
엄마 말마따나
그래서 우리는 엄마와 딸이니까

사랑하는 우리 가족,
사랑해요
매일매일 처음처럼 더 사랑해요

—그리운 목소리로 지민이가 말하고, 시인 오은이 받아 적다.

이
창
현

2학년 5반
9월 20일에 태어났다.

오늘의 밥상

　오늘은 김치찌개나 콩나물국밥 대신 미역국을 먹는 날입니다.
　고기를 건져먹으며 히이잉 기분 좋은 말소리를 내보고 싶습
니다.
　1997년 9월 20일 내가 태어났습니다.
　커다란 코 때문에 날 알아보기에 좋았죠.
　마른 몸이었지만 축구도, 달리기도 꽤 잘했습니다.
　국밥집 사장이 되어 행복할 수 있다면 그것이 나의 달란트.
　어린 날의 약속처럼 할머니에게 용돈을 드릴 수 있었다면 더
좋았을 텐데요.
　누군가를 돕고 배려하는 것은 매우 멋진 일인 것 같습니다.

　내가 정말 좋아했던 것은 게임과 여행과 친구들.
　더 멀리, 더 자주, 더 오래 떠나 있다가도 이내 나는 돌아왔
습니다.
　우리집으로, 내 방으로. 가족의 품으로.
　신생아실에서 다른 부모에게 간 적도 있고,
　교회 앞 저수지에 빠진 적도 있고,
　자전거를 타고 가다 횡단보도 앞에서 붕 떠오른 적도 있지요.
　엄마의 기도와 아빠의 기다림 속에서 나 이창현은 열아홉,
　더 많은 용돈을 바라며 삐딱선을 타기도 했지만
　멋진 남자가 되고 싶었습니다.

　날마다 부모님은 저녁 일을 나갔다가 고단한 발걸음으로 되

돌아오실 텐데
　잠든 척 누워 있는 내가 없어서 미안합니다.
　늦은 새벽 나를 위해 기도를 올렸던 두 손과 무릎이
　여전히 나를 위한 것이어서 미안합니다.
　사랑한다고 말해야 할 입술이 너무 멀어서 미안합니다.
　오래 기다리게 해서 미안합니다.
　오늘 여기에, 당신들 곁에 내가 있습니다.

　당신의 사랑을 품고 떠나도 될까요?
　머리카락을 한번 쓸어올리고 다정하게 눈 맞추고 싶습니다.
　쑥스러워 이내 딴짓을 하겠지만
　그것이 우리가 믿는 사랑이라 여기면서
　그 사랑이 마지막이 아니라 여기면서
　오늘은 김치찌개나 콩나물국밥 대신 미역국을 먹고 싶습니다.
　그리움 속에서 히이잉 기분 좋은 말소리를 내고 싶습니다.

—그리운 목소리로 창현이가 말하고, 시인 이근화가 받아 적다.

이 | 태 | 민

2학년 6반
8월 6일에 태어났다.

생일 소원

안녕하세요? 이태민입니다.
오늘은 저의 열아홉번째 생일입니다.
축하해주세요. 19년 전 오늘 저는 태어났어요.

모든 생일은 엄마가 가장 아프고 가장 기뻤던 날이에요.
생일에 미역국을 먹는 건
그날 아픈 엄마가 후루룩 넘겼던 미역국을 먹는 거지요.
사실 미역국 먹고 엄마가 물려준 젖으로 우리가 자란 거지요.

저는 요리사가 되는 게 꿈입니다.
저는 엄마가 너무 좋아서 엄마가 되고 싶었어요.
저는 남자니까 아이를 낳을 수는 없지만
누군가가 먹고 행복해지고 특별해지는 음식을 만들고 싶어요.
스위치를 올리면 환하게 불이 켜지듯,
제가 만든 달콤한 케이크를 먹고 엄마의 입꼬리가 올라가는
생각을 해봅니다.

소원을 빌 때,
하나만 빌어야 하니까 건강을 비는 것처럼
사랑하는 사람들은 함께하고 싶은 게 너무 많지만
그걸 다 하루아침에 할 수가 없어서 가족이 되는 거지요.
그런데, 서로 좋아서 마주보고 같은 음식을 먹고
같은 표정을 짓다보면 닮아지는 거예요.

사랑하는 사람들이 서로 닮는 거 알죠?
사람을 닮게 하는 요리를 하고 싶어요.

우리는 만나면 안녕? 하고 묻고
헤어질 땐 안녕, 하고 말해요.
질문이고 대답이고 부탁인 말이 안녕이에요.
엄마가 제 소원을 묻는다면 저는 부탁하고 싶어요.
안녕해주세요. 안녕이라고 말하고
우리는 안녕이 되고 싶어요.

오늘은 저의 열아홉번째 생일입니다.
맨날 그날이 그날인 날에는 특별한 것이 먹고 싶었는데
오늘은 특별한 날이니까 평범한 미역국이 먹고 싶어요.
제 생일에 미역국을 먹고 같이 생일이 되어주세요.
가족이 되어주세요.

—그리운 목소리로 태민이가 말하고, 시인 이현승이 받아 적다.

임
경
빈

2학년 4반
9월 13일에 태어났다.

사과가 열리는 시간

엄마, 한가득 차린 음식 냄새에
늦잠에서 깼어.
어제 오후 내내 태권도랑 축구랑 하다보니
조금 늦게 잠들었지 뭐야.

아빠, 엄마,
멀리 있어서 미안.
현희야,
오빠 보고 싶게 해서 미안.

엄마를 처음 만난 날 꿈에서 봤다던
푸른 사과처럼 나는 여기에서 잘 자라고 있어.

엄마, 아빠, 처음에 나는
너무나 작아 점처럼 보였을지도 몰라.
열심히 살아온 젊은 엄마, 아빠의 고단한 길
잠시 쉬어가라고 누군가 선물해준 쉼표였는지도 몰라.

지금도 가족들 모두 보고 싶을 때면 들여다보는 사진 속
둥글고 시원한 눈매와 흰 살결 엄마
나랑 똑 닮은 엄마,
사과처럼 야무진 뺨의 아기인 나를
태어나게 해줘 고마워.

잘생긴 아빠,
아기였던 그때부터 아빠 회사 가서 알바할 때에도
늘 자랑스러운 아들로 기억해줘 고마워.
내 아빠라서 고마워.
여행 가서 본 편백나무 숲처럼 울울창창한,
나의 영원한 쉼터인 아버지

엄마 아빠 닮아서 나 좀 돌직구인 거 알지?
나답게 말해. 많이 보고 싶다고.
난 늘 곁에 있다고.

오늘은 내가 말해.

귀여운 내 동생 현희야.
주말이면 우리 함께 오르던 등산길, 꼭 챙겨보던 〈무한도전〉
오빠가 예쁘게 만들어주던 계란프라이 먹으며
너는 참 잘 웃는 아이였는데
내일은 오늘보다 더 많이 웃어.
나만큼 씩씩하고 나만큼 행복해라, 현희, 내 어린 동생아.

교문을 들어서면 우리 학교는
떠들썩하고 책상은 아직 따뜻해.

교문 언덕길을 올라가면
9월 햇빛이 눈부셔 나는 살짝 눈을 찡그리지.

언제나처럼 난 우리 반 청소를 마치고 화단을 가꾸고
당번인 오천이랑 문단속을 하고 돌아올 거야.

엄마, 아빠 우리 반 급훈이 뭐였는지 알아?
"지켜보고 있다"—
맞아.
나는 그렇게 지켜보고 있어.

심심할 때면 내 짝 웅기랑 노트에다
친구들 닮은 캐릭터 그리며 장난치면서
웅기는 두더지 오한이는 원숭이 너구리 승묵이
그리고 물고기를 닮은 나 그렇게 우린

엄마는 미국에 잘 다녀왔어?
뉴욕, 워싱턴, 필라델피아, 뉴저지의 거리를
나는 다 지켜봤어요.

몸이 차가운 울 엄마
나를 품에 꼭 껴안듯이 옷 꼭꼭 여미고 다녀요.
엄마 목소리 듣고 싶어 못 견딜 때면 한달음에 달려갈게요.

추운 거리, 곁에서 따뜻한 바람이 불어오면 그건 경빈이,
아마 나일 거예요.
엄마, 나를 만나면요.
꺼져라~잉 하고 꼭 말해주어요.

아빠, 엄마,
내 입으로 말하기는 쑥스럽지만 나는 더 잘생겨지고
키는 한 뼘이나 더 자랐어.

임락주, 전인숙, 임현희 그리고 나 임경빈

사랑하는 가족들, 이모 이모부 큰엄마
더는 미안해하지 마요.

따뜻한 가을볕 따라 걸으면
나는, 아빠 엄마 바로 위에서 가득 열리는 열매

우리 대신 함께 만나는 2학년 4반 엄마들
아빠들
아프지 말아 우리 기억하고 많이 웃어줘.

내가 한 번 더 안아주고
한 번 더 이름 부를게.

나는, 내년에도 후년에도 더 멋진 엄마 아버지의 아들
이별이 아니야, 나는 이 별에서 가장 아름다운 여행중이라고.

P. S.
"살만 하냐.
맨날 학원에서 놀리고 고등학교 다른 곳 가도 놀리던 놈이
만나잔 약속 무기한 연장시켜놓고
가버리기냐.
넌 말 잘하니까 어디가도 잘 적응할 거다.
거기에서도 남들 재밌게 하면서 웃으면서 살고 있기 바란다."

책상 위에 놓고 간 엽서 잘 받았어.
그래, 나는 잘 지낸다.
웅기랑 승묵이, 휘범이, 수현이, 슬라바, 요한이랑 성호, 동혁
이, 혁이, 울 반 아이들이랑 모두 잘 지낸다.
난 더 잘생겨지고 여전히 인기도 많아.
적응력 만 렙이다, 친구야.

—그리운 목소리로 경빈이가 말하고, 시인 김경인이 받아 적다.

전
하
영

2학년 2반
3월 11일에 태어났다.

매일매일 우리

엄마,
부르는 것만으로 좋은 이름 우리 엄마
봄의 입김이 가만히 가까워지는 날들이죠
안부 늦어서 미안하고 기다려줘서 고마워
행복하고 행복할, 나야 영이 하영이

이곳은 엄마 품처럼 포근한 구름 속
한 번만이라도 안아봤으면 좋겠다는 편지 읽었어요
오래전부터 엄마 품에 안겨 있는걸
귓가에 사랑해, 라는 목소리 닿으면 스르르 잠들게 돼
구름향이 나는 하늘색 솜사탕처럼
고요한 잠이 찾아와 깨고 싶지 않은 꿈을 꿔요

엄마가 그랬지 다음에 만날 테니까
기쁨으로 살아갈 거라고 말해주었죠
그 약속 지켜주길 바라며 믿고 있을게
날마다 새로 태어나는 구름의 구름처럼
영이는 매일매일 새롭게 태어나고 있어요
다시 만나면 누구 키가 더 큰지 꼭꼭 재보자 우리

모든 엄마에게는 엄마가 필요하죠
누구보다 엄마를 부탁해요
누구보다 하은이를 부탁해요

종종 봄날을 부탁해요
하영이는 이곳에서 우리 가족을 지키고 있을게
천국보다 더 천국인 이곳에서 이곳에서

하은아,
하나뿐인 우리 동생
네가 만들어준 둥글고 둥근 핫케이크를 기억해
노란 반죽이 케이크로 부푸는 동안
우리 서로의 얼굴을 보며 웃곤 했잖아
가끔 아주 가끔 티격태격했었나, 아무렴 어때
행복이 부풀어오르던 그 풍경은 영원하고 영원해
구름의 식탁에서 마주할 수 있는 날까지
언젠가 우리 가족 모두 모이는 그날까지
안녕하고 안녕하자

수빈아 수정아 혜성아 지애야
개구리 왕눈이는 여전히 너희들 곁에 있어
배구도 하고 이야기도 하고
노래도 부르고 늘 그랬듯 브이 포즈를 취하면서 말이야
우리는 알고 있잖아, 완전체로 함께하고 있다는 걸
평생 친구라는 말 근사하지 떠올릴수록

'빔' 친구들도 궁금 궁금해

기도의 문장들이 구름 사이로 들려올 때가 있어
가장 아름다운 손은 기도하는 손인 것 같아
너희들이 그 손의 주인공이라는 거 알지
'플래쉬 몹' 친구들도 잘 있는지
큰 거울 앞에서 춤추던 우리 모습 기억나니
너희와 함께하는 동안 마음이 구름처럼 가벼워지곤 했어
나중에 다시 거울 앞에 서자

두레교회 친구들아
벌써 지난겨울이 되었네
겨울날의 연극 〈소풍〉 잘 보았어
온유는 구호활동가를 꿈꾸는 내 모습을 그려주었지
여기서도 이웃과 함께하고 있어, 세상의 모든 이웃
누구도 아프지 않고 춥지 않은 포근한 이곳에서

다시 엄마,
더 많이 얘기 나눌걸
더 많이 사랑한다고 말해줄걸 아쉬워하고 있나요
이제 영이는 돌려주고 싶어 나눠주고 싶어
엄마의 시간을 엄마에게로
하은이의 시간을 하은이에게로
서로의 자리에서 눈부시게 빛날 수 있도록 말이야
다시 만날 수 있는 시간을 기다리며

그러나 너무 조급하지는 않게 기도하며

이렇게 함께할 수 있어서 참 좋은 봄날
날마다 새로 태어나는 구름의 구름처럼
영이는 매일매일 새롭게 태어나고 있어요
모두 사랑하고 사랑해요, 힘차게 안녕

—그리운 목소리로 하영이가 말하고, 시인 이은규가 받아 적다.

정
다
혜

2학년 9반
1월 9일에 태어났다.

나의 고양이, 다윤에게

다윤아, 지금도 문 앞에서 날 기다리고 있겠지.
집에 오래도록 돌아가지 못해 미안해.
엄마, 아빠, 언니, 잘 지내고 있는지…… 너무 보고 싶어.
네가 사랑스럽게 갸르릉거리는 소리도 듣고 싶고.

다윤아, 넌 그사이에 예쁜 새끼들을 낳았겠구나.
몇 마리 낳았는지, 이름은 뭐라고 지었는지,
무럭무럭 잘 크는지?
네가 내 동생이니, 나도 조카들이 여럿 생긴 셈이네.
자세히 보렴, 나와 닮은 녀석이 있는지?
그 녀석을 특별히 사랑해주렴.

내 말이라면 뭐든 들어주시던 아빠,
내 두 볼에 쏘옥 들어가던 보조개를 좋아하시던 아빠,
생일에 Exo 음반도 사주신 멋쟁이 아빠,
말 잘 듣는 조건으로 다윤이를 선물해준 것도 아빠였죠.
아빠에겐 받은 게 너무 많아요.
멋진 기타 연주를 들려드리고 싶었는데
그러지 못해 정말 아쉬워요, 아빠.

우릴 키우느라 고생만 하신 엄마,
내가 부은 손을 꼭꼭 주물러드리던 거 기억나세요?
가슴에 꼬옥 안고 자던 손,

엄마의 정직한 손이 세상에서 제일 예뻐요.
나중에 돈 많이 벌어서 다이아 반지 끼워드린다고 했는데
그 약속을 지키지 못해 미안해요, 엄마.

나의 다정한 보호자였던 언니!
이따금 다투기도 했지만, 언니의 잔소리가 이젠 그리워.
뚱뚱해질까봐 밥 좀 그만 먹으라고 늘 말렸지.
걱정 마, 여기선 아무리 먹어도 살찔 염려가 없으니.
나를 잘 챙겨주었던 것처럼
언니는 마음이 따뜻한 간호사가 될 거야.

식구들, 친구들, 그리운 얼굴들,
오늘 이렇게 둘러앉으니
난 정말 혼자가 아니라는 생각이 들어요.

슬픔 속에서도 한 살씩 나이를 먹고
마음의 나이테도 하나씩 늘고
서로 이해하고 그리워하는 법도 알게 되겠지요.

나는 친구들과 잘 지내요.
우린 새로운 세상에서 여행을 계속하고 있어요.
잠시도 가만히 있는 법이 없지요.
가만히 있으라고 하는 어른들도 없구요.

물론 시험 걱정도 없는 세상이죠.
그동안 하고 싶었던 일들 마음껏 할 수 있고
좋아하는 것도 마음껏 먹을 수 있어요.
그러니 제 걱정은 그만하고 잘 지내세요.
말괄량이 소녀가 이렇게 활짝 웃고 있으니까요.

다윤아, 오늘은 꼭 가도록 할게.
사랑하는 아빠, 엄마, 언니가 기다리는 집으로.
오늘은 바로 내 생일이니까.

—그리운 목소리로 다혜가 말하고, 시인 나희덕이 받아 적다.

정
차
웅

2학년 4반
12월 6일에 태어났다.

엄마! 내가 알아서 할게

엄마, 나야 차웅이.
잘 지내고 있지?
듬직한 막내아들이 엄마 곁을 떠나온 지
1년도 훨씬 더 지났네.
날 투명한 겨울에 낳아준 엄마, 고마워.
12월에 맞이하는 생일은 따뜻해서 좋아.
추운 날씨에 함께하는 사람에게서
더욱 커다란 온기를 느낄 수 있거든.

그것과 비슷한 이치일까?
빈자리를 보았을 때 그 사람이 더 그리워진다는데.
막내아들 자리가 비어 있어서,
막내아들 목소리가 좀처럼 들리지 않아서
내가 많이 그립지?
너무 속상해하지 마.
엄마가 속상하면 나도 그만큼 속상하잖아.
세상에서 제일 예쁜 우리 엄마의 얼굴을 어루만질 수 없어서,
세상에서 제일 향긋한 엄마의 살내음을
곁에서 맡을 수 없어서
나도 엄마가 너무나 그리워.

그러고 보니 내 십대의 마지막 생일이네.
시간이란 게 정말 빨리 지나가긴 하는 것 같아.

벌써 엄마와 아빠와 형에게 인사도 못하고 떠나와서 맞는
두번째 생일이기도 하니까.
엄마, 시간이 빨리 지나간다는 건
그만큼 많은 걸 기억한다는 의미야.
자연공원 옆에 있는 관산초등학교,
관산공원 옆에 있는 관산중학교,
그리고 원고잔공원 건너편에 있는 단원고등학교.
유난히 공원이 많은 우리 동네,
내가 다닌 학교는 하나같이 공원 옆에 있네.

재작년 마지막 날
내가 다닌 학교들 사이에 커다랗게 놓인 화랑유원지에서
빌었던 소원을 생각하면 조금 쑥스럽기도 해.
새해엔 여자친구가 생기게 해달라고 빌었는데,
여자친구가 생기면 기념일을 잘 챙기고 싶다 말했는데……
올해의 마지막 날에 나는 다시 그곳에 갈 거야.
가서, 전에 빌지 못했던 소원을 빌 거야.
엄마 아빠 아프지 않고 오래오래 살게 해달라고.
광웅이 형 내 몫까지 두 배로 행복하게 살게 해달라고.
엄마, 그날은 아빠 손 꼭 잡고 화랑유원지로 와줘.
와서, 나랑 똑같은 소원을 빌어줘.
엄마랑 아빠가 아프지 않고 오래오래 살게 해달라고.
형이 차웅이 몫까지 두 배로 행복하게 살게 해달라고.

그리고 나를 만나줘.
엄마 아빠는 나를 볼 수 없겠지만
나는 엄마 아빠를 보고 있다는 걸 생각해줘.

군대에 간 광웅이 형은 그날 함께 올 수 없겠지만
그래도 좋아, 그곳에서 건강하게만 지내준다면.
덩치 크고 똑똑하기까지 한 우리 형은
얼마나 멋진 군인이 되어 있을까?
튼튼한 형은 절대 뒤처지지 않을 거야.
그림을 그릴 때처럼 늘 조용한 형은
동료들을 힘들게 하지도 않을 거야.
엄마 아빠한테 야단을 맞을 때면 내 편이 되어준
하나뿐인 나의 형.
아식스 운동화를 맞춰 신던
친구 같은 나의 형.
아무에게도 말하지 못했지만,
마지막 순간 내 구명조끼를 친구에게 벗어줬을 때
난 내가 조금 어른이 되었다고 느꼈어.
형은 나보다 더 어른이니까
어려운 사람을 나보다 훨씬 많이 도울 거야.

엄마!
난 후회하지 않아.

엄마 아빠의 아들로 태어난 것을.
그리고 엄마 아빠의 아들로 살아온 짧은 시간을.
엄마!
날 생각해줘.
생각하되 슬퍼하지 말아줘.
엄마가 울면 나도 운다는 걸,
엄마가 웃을 때 내가 웃을 수 있다는 걸
잊지 말아줘.
엄마가 낳았으니 나는 엄마 거잖아!
엄마의 마음속에서,
아빠의 기억 속에서
나이들지 않는 아들 차웅이를 떠올려줘.
변하지 않고 늘 그 자리에 있는 차웅이를.

날 깨끗한 겨울에 낳아준 엄마, 고마워.
겨울이면 밤이 길어지니까
우리가 서로를 생각하는 시간도 그만큼 길어지는 계절.
엄마의 막내아들 차웅이는
겨울이 와도 춥지 않은 곳에 와 있어.
아무도 아프지 않은 곳에 와 있어.
그리고 함께 있는 친구들이 많아서
누구도 외롭지 않은 곳에 차웅이는 와 있어.
그러니 엄마, 내 걱정은 하지 말고

아빠와 형과 함께 즐거운 생각만 하면서 지내.
먼 훗날, 엄마 아빠 품에 안길 때까지
나머지는 내가 알아서 할게!

-그리운 목소리로 차웅이가 말하고, 시인 임경섭이 받아 적다.

최
성
호

2학년 4반
6월 23일에 태어났다.

나의 꿈

나는 시인이 될 거야 엄마.
국문과에 가면 굶는다고 엄마는 말렸지만
나는 멋진 시인이 될 거야 엄마.

이곳에 부는 바람은 모두 여행중이어서
우리처럼 여행중이어서
내가 좋아하던 벚꽃을 데려와주곤 해.

여덟시에 가장 예쁘던 벚꽃,
안산의 벚꽃,
엄마,
엄마가 웃고 내가 또 웃으면
작년 봄 벚꽃의 아들들이 그리고 딸들이
바람을 타고 이곳으로 놀러올 수 있을 거야.

그런 날 밤에 나는 여행 가방을 싸는 거지.
엄마 추리닝엔 엄마의 웃음을 넣고
아빠 바람막이 잠바에는 아빠의 울음을 넣고
웃는 모습과 우는 모습이 같은 저 꽃들에게로
엄마와 나는 여행을 가는 거야.

나는 시를 쓰고 엄마는 바느질을 하고
그렇게 오후가 다 지나도록 아빠에게 줄

선물을 만드는 거지.

엄마, 생각나?
수학여행 가기 전날,
내가 엄마를 안아주던 날,
언제 엄마를 내가 안아주겠어 했던 날,

그날을 닮은
엄마 품의 온기를 닮은 시를 쓰는,
나는 시인이 될 거야 엄마.
내가 반 쓰고 엄마가 반 쓰면
아빠의 자리가 생기는 시,
나는 시인이 되기로 했어, 엄마.

나는 시인이 될 거야 아빠.
국문과 가면 취직 안 된다고 걱정했지만 아빠,
시인은 문장으로 영원을 사는 게 아닐까.
이곳 선생님이 그렇게 말해줬어.
자신의 영혼을 문장에 담는 건
자식을 키우는 것과 같다고,
그렇게 말해줬어.

아빠도 나를 키울 때 이런 마음이었을까.

어젯밤엔 아빠, 내가 쓴 문장들이
내 가슴에로 복숭아뼈에로 놀러와서
엄마가 꿈에서 보았다던
야자수 많던 푸른 바닷가를 같이 걸었어.

나는 먼저 말레이시아로 파견 근무 간 아빠의
외로운 밤을 달래는 시를 쓸 거야.
나는 먼저
경북 영주로 경기 안산으로 이사 다니던 우리 가족의
심란했던 이사 전날 밤을 달래는 시를 쓸 거야.
나는 먼저 청양 고추 우려낸 어묵탕을 닮은 시를 쓸 거야.
아빠가 반 먹고 내가 반 먹으면 엄마가 환하게 웃는
우리 가족만 아는 그 맛에 대해서 쓸 거야.

주말 부부 우리 엄마 아빠, 먼 먼 길을 대신 달리는
고속도로 닮은 시를 쓸 거야.
나는 시인이 될 거야, 아빠.
아빠가 반대해도 소용없어 아빠,
아빠 닮아 고집 센 성호잖아.
5월의 하늘색을 좋아하는 성호잖아.

그리고 사랑하는 나의 친구들아.
나는 시인이 될 거다.

놀랐지?
내가 국문과에 가려던 건 사실,
시를 쓰려고 시를 배우기 위해서였어.

코스프레 좋아하던 재욱이, 너,
우리 바람을 코스프레하고 저 하늘을 날아볼까?
맨날 혼자라고 투덜대던 준우 너,
우리 엄마 대신 아빠 대신 우리가,
그래 우리가 맞벌이를 해볼까?
어이, 악기 5인방, 너희들,
나 없다고 악기들 놓은 건 아니지?
나는 문장으로 악기를 연주할게.
너희들 곁에 같이 있을게.

화랑유원지야, 화정천아,
잘 있니? 나는
시인이 될 거다. 시인이 되어서
내가 쓴 문장으로 놀러갈 거다.
나비는 꽃의 친구, 나의 시들은 영원의 친구.

나는 시인이 될 거다 친구들아.
배낭여행을 하면서
도쿄 아키아바라 애니메이션 거리를 걸으며

만화가가 못 그리는 문장을 쓸 거다.

나는 시인이 되어서
나는 멋진 시인이 되어서
멋진 시집을 낼 거다.
꼭 그럴 거다.
시집은, 나의 첫 시집은,
꼭 그곳에서 낼 거다.

엄마야, 아빠야, 친구들아,
나를 위해 모여준 여러분들
나의 첫 시집이 나올 때까지 나는 여행을 하고 있을 거다.
가장 먼 기다림을 가장 깊은 그리움으로
나는 꽃잎 뒤에 나의 시들을 쓰고 있을 거다.

—그리운 목소리로 성호가 말하고, 시인 박진성이 받아 적다.

홍 순 영

2학년 4반
5월 12일에 태어났다.

들리세요? 제 목소리!

엄마, 저예요. 순영이!
저 지금 어디 가고 있게요?
언젠가 엄마가 말했잖아요.
제가 뱃속에 있을 때
빨간 고추, 초록 고추가
주렁주렁 매달린 태몽을 꿨었다고.
저 지금 엄마가 꿈속에서 보았던
길을 지나가고 있어요.
태양이 눈부신 길을 걸어가고 있어요.
진짜 신기하죠?

엄마, 저는 다른 세상을 향해 가고 있어요.
제 몸은 빛이 되었다가, 물이 되어 흐르다가
여러 가지 색으로 변하기도 해요.
엄마, 제 몸이 점점 투명해지고 있어요.
풍선처럼 기분 좋게 떠오르고 있어요.

그런데 엄마,
저는 이렇게 가벼워지려는데
너무 멀리 와버려서 심부름도 못하는데
된장국 끓이다가 두부가 없을 때 어떻게 해요?
심부름 하나는 자신 있었는데
천 원씩 심부름값 모으는 재미가 쏠쏠했는데

우리 엄마 심부름은 누가 대신 하지요?
그런 생각하면 눈물이 고여서 소매로 눈가를 꾹 눌러요.
엄마가 무심코 내 이름 부르다가
싱크대 앞에 털썩 주저앉아 울까봐.

엄마, 그럴 땐 저를 생각하세요.
예전에 제가 씻고 나와서 수건 한 장만 달랑 걸치고
엄마 앞에서 실룩실룩 춤췄던 거 기억 안 나요?
그때 환하게 웃던 엄마가 그리워요.

그리고 아빠!
또래 친구들이 자전거 타고 지나가는 것만 봐도
가슴을 쓸어내리는 아빠.
물속에서 배고프지 않을까, 춥지 않을까.
캄캄하게 떨며 울고 있지 않을까.
답답해서, 돌덩이를 삼킨 듯이 가슴이 답답해서
가슴을 치며 우는 우리 아빠.
괜찮아요. 저는 이렇게 가볍고 환한걸요.

아빠도 알고 있었죠? 제 인생 계획!
삼십대에 결혼해서 가정을 꾸리고
사십대에 외국에서 사는 거였잖아요.
그 모습 못 보여드리고 먼저 가서 미안해요.

251

그렇지만 저요. 여기서도 건강하고 씩씩한걸요!
아빠, 요즘 병원에 다니는 것도 힘드시죠?
저 없다고 집에만 있지 마시고
밖에 나가서 새로 핀 꽃도 보고 신선한 공기도 마셔요.
저랑 같이 산책하던 길도 가보세요.
엄마랑 거기 가서 차도 좀 드시고요.
아빠가 건강하셔야 저도 마음이 놓여요.
저처럼 운동도 하고 바람도 자주 쐬러 나가겠다고
새끼손가락 걸고 도장 찍고 약속해요!

누나야!
이름만 불러도 뭉클한 나의 누나야!
누나도 바쁜데 빨래도, 설거지도, 청소도
더 많이 도와주지 못해서 미안해.
엄마 아빠 병원에 가 계실 때
제일 많이 아껴주고 보살펴주던 누나였는데
마귀할멈이라고 불러서 미안해.
그렇지만 누난 내 마음 알지?
마귀할멈이 아니라 수호천사라고 생각한다는 거!
쑥스러워 말 못했어.
내가 얼마나 누나를 그리워하는지.
나 때문에 울지 말라고
지금 이 순간에도

내가 얼마나 누나의 뺨에 뽀뽀해주고 싶은지.
누나가 나를 지켜준 만큼 이제는 내가 누나를 지켜줄게.
힘들 때마다 누나 곁을 지키는 수호천사가 될게.

엄마, 아빠, 누나, 매형, 현우야, 동혁아, 예원아, 수현아.
슈퍼 아주머니, 선생님, 우리 반 친구들아!
모두 잘 지내고 있니?
모두 안녕하세요?
제가 아는 사람들 한 명, 한 명, 이름 부르고 싶어요.
반갑게 손 흔들며 인사하고 싶어요.
지금 생각하니 더 잘해줄걸 아쉬워요.
매형한테도 오므라이스 위에
케첩으로 하트 그려서 만들어줄걸.
부모님이랑 더 자주 영화 보러 갈걸.
아 맞다! 〈ADHD〉 친구들한테 캐리커처도
못 그려주고 왔는데
같이 있을 때 더 많은 추억을 남기고 올걸.

지금은 손이 닿지는 않는 곳에 있지만
서로 얼굴을 만질 수 없는 곳에 있지만
모두들 너무 걱정 마세요.
저는 하늘 높이 올라서
구름이 되고 바람이 되고 흙이 되어

여러분 곁에 있을게요.
늘 다니던 동네 슈퍼, 운동장, 학원 근처에서
생생하게 웃으며 안녕, 하고 인사할게요.

노란 리본을 묶어주신 분들.
생일 모임에 와주신 분들.
이렇게 따뜻한 생일상 차려주셔서 감사해요.
오늘을 행복하게 기억할래요.
여러분 덕분에 외롭지 않아요.
사랑해요. 모두. 제가 더 많이 사랑해요.

—그리운 목소리로 순영이가 말하고, 시인 신미나가 받아 적다.

outro

눈물로 이 책을 마무리합니다.
감히 '눈물'이란 단어를 입 밖으로 꺼내어 송구합니다.
그러나 그리운 아이들의 목소리를
시인들이 받아 적어야 했을 때
한 단어, 한 구절, 한 연, 그렇게 시 한 편,
투명하게 젖지 않은 페이지가 없었기 때문입니다.
그건 책을 만드는 내내 제가 만져보아 압니다.
눈물에 눈물이 겹쳐 퉁퉁히 불어버린 종이,
제가 귀하디귀하게 모아봐서 압니다.

아이들은 얼마나 말하고 싶었을까요.
귀를 쫑긋 세우고 마음을 활짝 연 채
시인들은 아이들의 목소리가 찾아들기를
몇 날 며칠 기다렸습니다.
누군가에게는 불쑥 찾아왔다고 했고,
또 누군가에게는 쉬이 찾아들지 않아
몸살을 앓아야 했던 이도 꽤 되었다고 했습니다.

어찌되었든 다행스러운 건
지금 이 한 권의 책이 증명하듯
아이들과 우리들이
손에 손을 맞잡을 수 있었다는 사실이지요.
아이들의 목소리를 우리들의 입으로

전하고 또 전할 수 있게 되었다는 기쁨이지요.

얼마나 순정한 아이들이었는지 모릅니다.
얼마나 따뜻한 아이들이었는지 모릅니다.
그 '착함'은 곧 '사랑'이니
그 '곁'은 곧 '곁'과 다름 아니니
우리들과 아이들은 우주라는 교집합 안에서
꼭 껴안은 채 내내 공전할 수 있을 거라 믿습니다.

도와주신 분들이 많습니다.
아이들의 생일마다 털실로 쫀쫀하게 짠 목도리처럼
체온 높이 모임을 꾸려주시고 모임을 이어주시는
안산 치유공간 '이웃'의 정혜신, 이명수 두 선생님을 비롯해
그곳을 내 집처럼 쓸고 닦아가며
돌아오는 아이들 생일마다 상을 차려주시고
아픈 유가족들의 고통을 제 몸과 나누시는
전국의 이웃치유자님들,
고맙습니다.

아이들과 우리들 사이를 최대한 진실한 목소리로 이어준
시인 여러분들,
고맙습니다.
앞으로도 아이들의 생일은 계속 찾아옵니다.

많은 시인 여러분들의 지속적인 관심을 호소합니다.
꼭 도와주셔야 합니다. 진심입니다.

책 표지의 모티프를 환한 감각으로 열게 해주신
화가 김선두 선생님,
제 능력을 재능 이상으로 기부해주신
한혜진 표지 디자이너, 이주영 본문 디자이너,
김필균 프리랜스 에디터,
고맙습니다.

무엇보다 인쇄를 책임져주신
영신사 홍사희 사장님,
우리들의 이 마음 담금에 동참하게 해줘서
오히려 영광이라며 두 손을 따뜻이 잡아주셨지요.
더불어 한솔피앤에스 대표님,
아무리 종이가 흔해졌다 해도
나무의 맨 살결이란 늘 그 첫 떨림이잖아요
배려해주셔서 부담을 줄일 수 있었습니다.
고맙습니다.

이 책으로 발생하는 모든 인세 수익은
다시금 이 책을 만드는 데 쓰입니다.
보통 시집의 두 배 정도의 분량을 가진 이 책의 가격을

보다 많은 분들이 보다 마음 편히 구입하실 수 있도록
최대한 낮출 수 있었던 데는,
취지에 동참해주신 여러분들의 기꺼움 덕분입니다.
고맙습니다.
정말이지……
고맙습니다.

영원히 잊지 말아야 한다는 게
영원히 잊히지 않아야 한다는 게
제 욕심이자 제 바람입니다.
우리도 언젠가는
영원히 잊고 잊힐 존재가 아니던가요.

아이들의 목소리를 들어주세요.
아이들의 추움을 껴안아주세요.
아이들이 그러잖아요.
엄마. 나야. 라고.

2015년 12월
모두의 마음을 대신하여 꿰매고 엮은
김민정 드림

난다시방 3
엄마. 나야.
ⓒ 곽수인 외

1판 1쇄 2015년 12월 17일
1판 6쇄 2019년 4월 16일

지은이 | 곽수인 외
펴낸이 | 김민정
표지 디자인 | 한혜진
본문 디자인 | 이주영
마케팅 | 정민호 박보람 나해진 최원석 우상욱
홍보 | 김희숙 김상만 이천희
제작 | 강신은 김동욱 임현식
제작처 | 영신사

펴낸곳 | (주)난다
출판등록 | 2016년 8월 25일 제406-2016-000108호
주소 | 10881 경기도 파주시 회동길 210
전자우편 | nandatoogo@gmail.com 트위터 @blackinana
대표전화 | 031) 955-8888
팩스 | 031) 955-8855
문의전화 | 031) 955-8890(마케팅), 031) 955-8865(편집)

ISBN 978-89-546-3896-8 03810
값 | 5,500원